Melhor não contar

Tatiana Salem Levy

Melhor não contar

todavia

Mãe, este livro é para você.
E é também para a Lucia Murat e a Tania Salem,
que, na sua ausência, se tornaram as avós dos meus filhos.

Nada daquilo que se passa na infância tem nome.

Annie Ernaux

I

Era um domingo, e eu, que costumo ser péssima com datas, cravei esta na memória: 3 de dezembro de 1989. Minha primeira lembrança com data.

Estou sentada no jardim da casa de praia do meu padrasto em Itacoatiara. Minha mãe, ele e eu deixamos as horas passarem lentamente, não temos nada para fazer. Abandono o olhar pelo contorno da piscina em forma de oito, sem azulejos, o cimento à mostra pintado de azul, e me perco em devaneios. Embora eu me lembre com detalhes desse dia, que me perseguiu durante os anos que vieram mais tarde, e continua me perseguindo agora, enquanto escrevo, não sei dizer por que a minha irmã não foi com a gente. Onde ela teria passado o fim de semana? Por que não estava ali para brincarmos juntas?

Minha mãe rompe o silêncio me perguntando por que não faço como ela e tiro o sutiã do biquíni. Sempre que podia, no terraço indevassável lá de casa ou em Itacoatiara, ela usava só a parte de baixo do biquíni. Quando comecei a usar sutiã na praia, dois ou três anos antes, ela não se conformou, Aproveita enquanto é criança e não precisa *disso*. E acrescentava, Sutiã é tão desconfortável...

Aos dez anos, tenho peitos que começam a ganhar volume, os mamilos despontando. Aos dez anos, e naquele dia em particular, tenho muito pouco controle sobre meu corpo.

Tá só a gente aqui, ela insiste. Para a minha mãe, ter os peitos de fora na praia ou na piscina significava ser livre; e essa liberdade, a das mulheres, pela qual tinha lutado e da qual não abria mão, era o primeiro mandamento lá de casa.

Meu sutiã, de cortininha, é lilás nos triângulos, rosa nas cordas. Levo o braço direito até a omoplata e desfaço o laço, deixando parte dos meus peitos de fora. Quando termino de tirá-lo, sou invadida por uma sensação muito diferente da que a minha mãe descrevia. Não experimento nada de confortável.

A nuvem que cobre o sol se afasta naquele instante, um raio violento me obriga a fechar os olhos e levo as mãos ao rosto. O calor também alcança os mamilos, e o desconforto vai se espalhando pelo corpo inteiro. Como as crianças pequenas que brincam de se esconder tapando os próprios olhos, pensando que, por não verem os outros, os outros não as veem, permito que o sol me toque até entre as pernas, que contraio, certa de que ninguém está me vendo. Volto a mim com o barulho do copo de cerveja caindo no chão, minha mãe ergue o jornal, Droga, meu padrasto se levanta para pegar um pano, um pequeno abalo naquela manhã plácida.

Depois, cada um volta para o seu silêncio. Estamos juntos, mas fazendo coisas distintas e solitárias. Na realidade, eu não estou fazendo nada, oscilando entre o tédio, que ocupa boa parte dos meus dias, e a excitação, que surgiu desde que tirei o sutiã. No chão melado pela cerveja aos poucos forma-se um trilho de formigas, e aqueles insetos andando de forma sistemática provocam o mesmo efeito do sol entre as minhas pernas. Aproximo o rosto para apreciá-las de perto, as patas pequeninas caminhando numa velocidade impressionante. Pego uma delas e ponho sobre minha barriga enquanto deito de costas no piso rígido. Sinto uma cócega ligeira, ela desce pelas minhas costelas e depois se perde, mas é como se eu a continuasse sentindo, o vestígio de suas patas sobre o meu ventre, um movimento sobre o meu corpo. Adormeço.

Mas é rápido, muito rápido. Lembro do barulho das páginas de jornal virando, minha mãe concentrada. Havia dois movimentos: um, que fazia com que o exterior se fundisse ao meu interior, como se eles fossem uma coisa só, tudo parte do mesmo mundo, da mesma natureza, sem distinção de seres; outro, que me separava claramente do lado de fora, de modo tão radical que eu tinha a sensação de não ser vista por ninguém, que o que acontecia dentro de mim era tão secreto e tão meu que ninguém, jamais, descobriria.

Nos últimos meses, desde que os meus peitos começaram a despontar e entre as minhas pernas haviam nascido alguns pelos, sentia de alguma maneira que eu e minha mãe começávamos a nos afastar. Nada muito grave, apenas um incômodo, mais um, entre os tantos que de um momento para outro passei a sentir.

Mas os incômodos não me incomodavam tanto assim. Havia algo de prazeroso neles, e eu sempre tão facilmente levada pelo prazer... E pelas perguntas, que agora me descolam do chão e me fazem deslizar os olhos pelo contorno da piscina, o pensamento ininterrupto, o sol intenso sobre os peitos livres. Àquela altura, eu já esqueci por que tirei o sutiã, e até mesmo que tirei o sutiã ali na piscina, com a minha mãe e o meu padrasto ao redor. Levo um susto ao constatar que me sinto sozinha no mundo. Mais sozinha do que alguma vez imaginei.

Permaneço observando diferentes tipos de insetos que surgem na borda da piscina, duas libélulas que se cruzam no voo, colando-se uma à outra, tudo nos mais ínfimos detalhes. Toda forma viva desperta um poro da minha pele, até mesmo as folhas que balançam na jabuticabeira quando a brisa passa. Sussurro o meu nome pausadamente, sílaba a sílaba, Ta-ti-a-na, repito-o um pouco mais veloz, depois mais e mais veloz, até a palavra virar uma massa uniforme e sem significado. Não gosto nada do meu nome. Minha irmã mais velha herdou da nossa bisavó paterna o Djamila, que significa *bela* em árabe; a Dina tem o nome da mãe do nosso pai. Só eu ganhei um tão comum. Apesar da banalidade do nome, eu me sentia estranha, diferente das outras meninas, numa época em que tudo o que a gente quer é ser igual (como elogio, minha mãe me comparava a um camafeu; dizia que só os homens mais velhos podiam compreender minha beleza).

Aqueles mamilos só me faziam sentir ainda mais esquisita do que as outras meninas, para não falar nos pelos pubianos, vindos antes da hora, dez anos não é idade para isso. De alguma forma, sei que as coisas tendem a me acontecer antes do momento previsto; então eu as aceito, não completamente, mas aceito, e experimento o prazer enquanto meus olhos deslizam pelos insetos. Se eu fosse bonita, poderia partilhá-lo com alguém, penso enquanto amarro, naquele 3 de dezembro de 1989, um laço comigo, com a minha solidão, que vou levar vida afora. Uma promessa?

Isso eu não sei ainda. Por ora é só um acontecimento. Eu ali na piscina, aos dez anos de idade, os mamilos à mostra, o corpo descobrindo o prazer com tudo o que o rodeia — as formigas, as plantas, as libélulas, o sol, o vento, a água —, os sentimentos de feiura e precocidade inaugurando a relação entre prazer e solidão, e de repente a voz do meu padrasto, a voz doce e mansa do meu padrasto, junto com o gesto, o braço estendido, uma folha na minha direção, e o susto, o despertar repentino, como se me acordassem de um sono muito profundo, de um sonho palpável e real. Então seguro a folha e olho para o desenho que o meu padrasto esteve a fazer enquanto, sentada, eu olhava as formigas.

E aí é como se eu descobrisse, tarde demais, que tapar os olhos não é suficiente para os outros não me verem. Na folha branca, traços simples feitos com caneta azul contornam o corpo de uma menina sentada; uma menina sem rosto — sem olhos, sem nariz, sem boca — com um cabelo levemente encaracolado. Seus mamilos, apontando um para cada extremidade do papel, chamam a atenção. Há mais tinta neles, foram desenhados com força. Estão eretos, reparo.

Então, outro acontecimento se sobrepõe ao acontecimento. Minha solidão foi invadida, está ali exposta no desenho, tudo o que eu achava que era só meu, concentrado naquelas duas bolinhas de tinta azul.

Delicadamente, porque naquela idade todos os meus gestos ainda são delicados, repouso o desenho no chão, entro na piscina e vou nadando até a borda oposta, onde não tenho pé. De longe, vejo minha mãe segurando o desenho e sinto uma vergonha imensa, o coração acelerado, a sensação de que alguma coisa muito errada está acontecendo, embora não saiba identificá-la. Dou um mergulho e prendo a respiração, as bolhas soltas só quando não aguento mais. Não tenho grande resistência embaixo d'água, odeio fazer as aulas de natação para as quais minha mãe me obriga a ir duas vezes por semana, mas juro que a partir daquele dia vou me dedicar mais, preciso aumentar o fôlego, abrir os pulmões, minha mãe tem razão, penso, antes de inspirar fundo e mergulhar, na tentativa de atravessar a piscina por baixo d'água. Ela ainda segura o papel quando eu, a menina do desenho, a menina da lembrança, a Ta-ti-a-na, ouço sua voz, Bonito, né? Discretamente, e por timidez, concordo com a cabeça. Ela afirma que o olhar do meu padrasto sabe enquadrar tudo tão bem, ele capta a essência das pessoas em poucos traços. Além de bom fotógrafo, de ser um cineasta que revolucionou o cinema brasileiro, também desenha com primor. A menina, na sua delicadeza, sorri e volta a nadar.

2

Minha mãe morreu no dia 24 de agosto de 1999, quase dez anos depois desse domingo em Itacoatiara e exatos quarenta e cinco anos após o suicídio de Getúlio Vargas.

Ela não viveu o bug do milênio, não viu a explosão da internet, dos telefones celulares nem das redes sociais; não viu as Torres Gêmeas desabarem, não foi revistada por todos os lados para entrar num avião, embora tenha sido longamente interrogada numa salinha da imigração francesa por causa de seu sobrenome árabe, que, no entanto, é judeu; não viu a guerra no Afeganistão nem a extrema-direita distanciando Israel da paz com os palestinos; não viu a extrema-direita subindo ao poder e destruindo o Brasil; muito menos a invasão russa na Ucrânia; também morreu sem saber que um dia um vírus nos trancaria em casa.

Passamos juntas a virada de 1998 para 1999 na cobertura onde moramos nos últimos dois anos de sua vida, com vista para a praia de Copacabana, a praia do Diabo e a pedra do Arpoador. Naquele ano, o forte militar lançou seus próprios fogos de artifício, que caíam sobre as nossas cabeças, e me joguei com roupa na pequena piscina do nosso apartamento. Minutos depois, quando as pessoas saíam da praia, descabeladas, esperançosas, excitadas com o início do último ano do século, quando lá em casa todos os convidados já haviam brindado e se abraçado, minha mãe me trouxe uma toalha; meus mamilos castanhos marcavam o vestido branco colado à pele, transparente.

Sentíamos que uma nova era começava, e, embora minha mãe lutasse contra um linfoma havia oito anos, nenhuma de nós — nem eu nem ela nem minha irmã — imaginava que ela morreria em breve. Até então, a doença estava bem controlada, empurrando a morte sempre um pouco mais para longe.

Nunca pensei que fosse perdê-la tão cedo. Quando nos contou que tinha um câncer nos vasos linfáticos, ela também nos disse que, com os avanços da medicina, teria provavelmente vinte anos pela frente. Fiz o cálculo e me agarrei àquele número: eu teria trinta e dois. Quando o médico assistente do dr. Halley me anunciou, lá em casa, que ela estava indo embora, era o tempo normal da doença, a primeira coisa que vi foi o número desabando à minha frente. Ela teria mentido? O médico teria mentido para ela? Ela realmente acreditava que os avanços da medicina a fariam viver tanto ou apenas queria que acreditássemos nisso?

Com a morte da nossa mãe, eu e minha irmã deixamos o apartamento de Copacabana. Os dois anos pegando sol sobre o piso de pedra, os mergulhos na piscina, a vista para o mar, o vento que às vezes trazia uma tempestade escura, as pedaladas matinais começaram, então, a se tornar uma lembrança longínqua.

Hoje, quando tenho que ir a esse apartamento por algum motivo, faço questão de percorrer todos os aposentos. Entro na banheira da minha mãe e consigo vê-la, colo-me à parede onde sua cama se encostava; vou ao meu quarto, ao da minha irmã, à cozinha, só para sentir o passado me tocar a pele — ali, tudo o que desmoronou me parece ainda intacto, preservado pela casa. Mesmo que tantas pessoas tenham morado lá, depois e por muito mais tempo do que nós, é como se a cobertura da Francisco Otaviano guardasse apenas a memória daqueles dois anos nos quais nos amamos tanto — e em que, apesar da doença, ou talvez por causa dela, vivemos os dias com uma intensidade que poucas vezes eu encontraria depois.

Me assusto quando penso que faz mais de vinte anos que minha mãe morreu. Que ela não sabe nada da pessoa que venho sendo desde então, que ela não estava aqui quando publiquei meu primeiro livro, quando tive meus filhos, nem quando decidi me mudar para Lisboa, onde, por ironia do destino, nasci.

Terá perdido mais coisas do mundo ou da vida de suas filhas?

Terá perdido mais coisas do mundo ou da vida de seus netos e netas, que nunca a conheceram senão por nós?

Quando falo sobre ela para meus filhos, estou lhes mostrando como ela era ou como eu sou?

Quanto eu me pareço com ela?

Quanto eu sou ela?

Quanto ela sou eu?

Quanto resta de uma pessoa morta em nós?

Quanto de nós uma pessoa morta leva?

Todas as vezes que sofri por amor, chorei por nós duas. Todas as vezes que me apaixonei por homens mais velhos, impossíveis, comprometidos, neuróticos, chorei por nós duas. E em todas as vezes me lembrei da sua confissão, Me sinto realizada no trabalho, nas amizades, nas viagens, com vocês, menos no amor. E, junto, a preocupação, Tenho tanto medo que você me repita.

No seu medo, a falha, a praga — o desejo talvez?

O que passa de mãe para filha nem a mãe pode escolher?

Ou pode?

Aos vinte anos, quando perdi minha mãe, eu me tornei mulher uma segunda vez. Me desfiz de grande parte do que era dela — roupas, caixas, sapatos, objetos, móveis — e passei a carregá-la no ventre.

3

Posso ficar muito tempo observando a nespereira, a *ficus elastica*, o limoeiro e o prédio amarelo à minha frente, da janela da sala onde escrevo em Lisboa, neste inverno de 2022, mas vendo nós três — eu, minha mãe e meu padrasto — no chão de pedra à beira da piscina, no calor daquele fim de primavera em Itacoatiara. Olho para a paisagem e me vejo de biquíni aos dez anos de idade, à beira da piscina, só não consigo me lembrar com precisão que pensamentos me atravessavam enquanto eu me distraía com os insetos; no entanto, sinto agora exatamente o que senti naqueles longos minutos, naquelas horas, não sei quanto tempo ao certo ficamos ali nas nossas solidões, mas reconheço a intensidade daquele primeiro domingo das minhas férias de verão, reforçada pelo sol que se aproximava do fim da manhã. Tanta coisa num corpo tão miúdo, que mesmo hoje, trinta e três anos depois, hesito diante das palavras. Só consigo dizer que observo a paisagem, que vejo a menina em volta da piscina, sinto o que ela sente. E não é pouco.

Desde aquele dia, o 3 de dezembro se tornou uma data na qual penso quando está se aproximando, como nos lembramos do nosso aniversário antes da hora. Sorri, não propriamente de alegria, quando a obstetra fez as contas e apontou 3 de dezembro de 2015 como o dia previsto para o meu primeiro parto.

No entanto, agora penso: se esse dia foi assim tão importante, por que nunca escrevi sobre ele?

Quanto trabalho, individual e coletivo, é preciso para que a escrita se aproxime dos acontecimentos?

Então, eu me pergunto: por que agora? O que me faz achar que as palavras em 2022 podem dizer a verdade escondida desde 1989?

Que menina é essa que sou eu e que há muito tempo deixou de ser eu?

Talvez a única forma de parar de sentir o que ela sente seja escrevendo o que ela sente. Haverá outra possibilidade de fazer com que a cena deixe de me perseguir?

Mas ela deixará de me perseguir?

Tantos anos escrevendo, e ainda acredito que a escrita cura? Eu, você, a menina, a jovem realmente acreditaram que escrever sobre a morte da mãe, ocorrida anos depois dessa cena, ajudaria a fazer o luto?

Esta é outra pergunta que eu gostaria de fazer: você já encerrou o processo de luto da sua mãe?

4

Quase todas as meninas da minha geração ganharam diários. Coloridos, pequenos, médios, grandes, com ou sem cadeado, adesivos, cheiro, ilustrações, havia para todos os gostos. A eles confiávamos nossos pensamentos e atos mais íntimos, nossas pequenas subversões, os segredos que não ousávamos contar nem à nossa melhor amiga. Aprendemos desde cedo a esconder sentimentos, ideias. Talvez por isso, quando uma mulher escreve, ela deixe reverberar essa escrita da sua infância, da sua adolescência, que se construiu na intimidade, com um corpo que, como a palavra, foi obrigado a se retrair, a se recolher.

Não escrevíamos para ser lidas; pelo contrário, escrevíamos para *não* ser lidas. E deveríamos continuar assim, vivendo em sussurros, trancando com cadeado o que nos acontecia — o menino de quem gostávamos, o primeiro beijo, as brigas com os pais, a incompreensão do mundo.

Pequeno, vermelho, com o desenho de uma Hello Kitty segurando uma xícara de chá na capa, o convite *Would you be free for a cup of tea?* e um cadeado hoje enferrujado, meu primeiro diário tem poucas páginas preenchidas. Em 1989, peço desculpas por ter ficado tanto tempo sem escrever. Em 1993, me revelo uma péssima escritora de diários. Abandono-o com frequência.

Em janeiro de 1998, fiz uma viagem com minha irmã e minha mãe à Turquia e à Grécia. O ano anterior fora marcado por uma quimioterapia, e pensamos que seria bonito, com o anúncio insistente da morte, seguir os rastros das origens familiares.

Antes da partida, ganhei de presente um diário — dessa vez sem cadeado. Capa verde, uma menina com roupa de balé, de costas, o rosto de perfil, as mãos sobre uma barra de dança, o cabelo amarrado em coque; acima, com letras amarelas, os dizeres: *Inesquecíveis momentos*. Acreditei que um diário de viagem seria mais fácil — teria mais sentido — do que outro qualquer. A cada dia, muitas novidades, muito o que contar... No início, levo a sério o projeto, mas com o passar do tempo torna-se claro que escrever nem sempre tem a ver com contar. No dia 15 de fevereiro de 1998, anoto: "Há nove dias que não escrevo; sinto que não consegui fazer um diário de viagem".

Depois disso, nunca mais mantive um diário. No total, escrevi apenas dois, cada um com menos de um terço de páginas preenchidas. No entanto, acabei por me apropriar de outros dois, escritos por uma menina que tinha vivido sua adolescência na década de 1960 e que, anos mais tarde, se tornaria minha mãe.

Numa tarde em que voltou mais cedo do trabalho, ela entrou no meu quarto e me deu de presente seus diários de juventude. Um deles, um caderno de espiral comum, pautado, com uma mansão na capa e o escrito "Vencedor", narrava, da primeira à última página, o dia a dia de uma menina branca e rica de treze e catorze anos no bairro do Leblon, na cidade do Rio de Janeiro; o outro, acolchoado, trazia na capa o título *Meu Diário* com letras cursivas e douradas. Era o relato de uma viagem de navio pela Europa, que ela havia feito aos dezesseis anos, no qual contava o que tinha visto, sentido e pensado.

Algumas semanas antes, eu havia lhe dito, quase por distração, que estava pensando em voltar a escrever um diário. Lembro de comentar que eu queria tentar de novo, uma espécie de treino. Afinal, se eu não conseguia lidar nem com um diário, como faria para escrever contos, poemas, romances?

Então, minha mãe apareceu naquela tarde e me deu seus cadernos. Nos dias que se seguiram, nos meses, anos, me debrucei incontáveis vezes sobre aquelas palavras que não tinham sido escritas por mim, mas que poderiam ter sido: os diários que herdei da minha mãe se tornaram os *meus* diários.

Se eu quisesse acessar a minha intimidade, bastava ir a uma página qualquer dos diários dela. Se um dia eu tivesse a minha filha, quando ela se tornasse adolescente eu lhe passaria os diários da minha mãe como sendo os meus, as partes secretas das meninas da família se repetindo sem precisarem ser reescritas. Seríamos todas simbióticas, inteligentes, livres e amantes da literatura, e apesar de tudo isso, ou talvez por isso mesmo, sofreríamos por amores impossíveis.

Alguns anos depois de eu ter herdado esses cadernos, a minha mãe morreu, exatos trinta dias após a morte da minha tia Gilda. Eu estava saindo da casa do meu pai para ir à cerimônia que se realiza no último dia do Sheloshim, o primeiro mês do luto judaico, quando recebi o telefonema de uma amiga da minha mãe que havia ficado no hospital com ela.

Eu não estava presente na hora da sua morte. Não tratei do seu corpo. Não a vi morta. Quando a reencontrei, no cemitério, ela estava dentro de um caixão fechado, pois é dessa maneira que os judeus enterram seus mortos. Também não vi a minha tia morta. Na tarde em que a Gilda morreu, eu estava embarcando para os Estados Unidos, ia me encontrar com a minha mãe, que havia partido na véspera, na tentativa de interromper um herpes-zóster que se proliferava por seus olhos e a deixaria cega. Eu tampouco vira, três anos antes, o corpo da minha irmã mais velha, Djamila — nem nas horas que precederam sua morte, no Miguel Couto, nem depois. Os adultos que estavam no hospital não deixaram que suas três irmãs — uma delas, materna — a vissem desfigurada pelo acidente de carro no aterro do Flamengo.

Aos vinte anos, eu, que tinha crescido no meio de tantas mulheres, de repente me vi apenas com a minha irmã mais nova e um vazio enorme, uma dor sem fim. Quando penso nesse tempo, sinto algum alívio por já não morar nele.

Muito cedo, coloquei na cabeça que para ser escritora eu tinha que sofrer; quanto mais triste fosse a minha vida, mais legítima seria a minha trajetória. Uma ideia fora de moda nos anos 1990, mas que absorvi por causa das leituras que fiz naquela época, das biografias que li de alguns escritores, da qual se tornou difícil me desligar. À medida que os desastres iam acontecendo, e eles foram acontecendo cedo, eu os interpretava como um sinal de que era aquilo mesmo: eu podia continuar escrevendo.

Lembro que, tanto no enterro da minha irmã quanto no da minha mãe, eu me sentia profundamente dentro — chorava até meu corpo não aguentar —, mas também fora, como se eu fosse uma espectadora, observando a dor dos outros e a minha própria. Eu vivia e escrevia ao mesmo tempo. Havia uma espécie de inversão perversa e autocentrada das coisas, como se estivesse predestinado que aquelas mulheres morressem para eu escrever. A escrita só existiria a partir da perda, com a perda, uma loucura que não me largava, porque tinha se consolidado muito cedo na minha cabeça, no meu corpo. E as coisas que a gente interioriza quando está se formando são muito difíceis de serem revertidas.

A cada morte que vivenciei, o que mais ouvi foi, O tempo cura tudo. Eu baixava a cabeça em sinal de concordância, porque eu não ia discordar de quem estava ali para me dar a mão, mas por dentro eu sentia muita raiva desse consolo, do tempo que já tinha passado, que ia passar e que eu não queria que passasse. Eu só me dizia: Tempo nenhum vai tapar esse buraco, amenizar a dor — foi o que encontrei no verso da Emily Dickinson que tomei emprestado para a epígrafe do meu primeiro romance. Escrever *A chave de casa* foi, sem que eu soubesse, parte do meu processo de luto, embora naquela altura não tenha feito doer menos. Continuei chorando a morte da minha mãe todos os dias.

Escrevo isto agora e parece que é sobre outra pessoa. Tenho dificuldade em acreditar: eu chorava mesmo todos os dias? Quando foi que parei? Quando foi que o tempo passou?

São mais anos sem a minha mãe do que com ela, embora esta frase esteja equivocada do princípio ao fim, tanto pelo fato óbvio de que o tempo é experimentado de forma relativa e subjetiva, quanto pela constatação de que fazer o luto não é apenas aprender a viver *sem* os mortos, mas também, e talvez sobretudo, a viver *com* eles.

Aprendi a viver com a minha mãe de várias formas: em silêncio, nos sonhos, na escrita, relendo suas cartas e seus livros, falando dela para os meus filhos, dando gargalhadas expansivas, transformando em meus amigos muitos dos seus antigos afetos.

E haveria sempre os diários, que eu poderia ler, reler, uma companhia na minha solidão.

No entanto, um acidente doméstico, na mudança da casa do meu pai para o apartamento onde minha irmã e eu viveríamos juntas por sete anos, fez desaparecerem caixas com memórias da nossa vida: alguns álbuns de fotografias da minha irmã mais velha, os álbuns de juventude da minha mãe, a correspondência das duas, uma fotografia original do Manuel Bandeira com a Elizeth Cardoso, que na adolescência eu deixava pendurada no meu quadro de cortiça, as fotografias da minha mãe entre soldados egípcios na guerra do Yom Kippur e seus diários de adolescência que eu havia tornado meus.

Ao longo dos vinte anos que se seguiram, sempre que eu arrumava os armários do meu apartamento no Rio de Janeiro, me invadia a esperança de dar de cara com eles, Quem sabe não teriam sobrevivido ao acidente? Quem sabe um dia eu não abriria suas páginas, sentiria seu cheiro de folhas velhas, deixaria os olhos deslizarem pela letra cursiva e quase incompreensível da minha mãe?

Então, decidi escrever sobre a relação simbiótica entre uma mãe que escreve e uma filha que escreve, a partir da falta desses diários. Um livro também sobre o fim do luto. Com a passagem do tempo — aquele que as vozes me diziam que amenizaria a dor —, posso dizer que o luto acaba?

Eu estava escrevendo sobre os diários perdidos havia alguns meses, quando o inesperado aconteceu. Minha irmã tinha se mudado para Laranjeiras, o bairro onde vivemos nossa infância e adolescência, e me mandou duas fotografias por WhatsApp: a capa de cada um dos diários da minha mãe. Ela os havia encontrado numa das várias caixas de papelão da mudança, uma das últimas a serem abertas. Era véspera do meu retorno a Portugal, depois de dois meses no Rio de Janeiro, recém-separada do pai dos meus filhos. Peguei um táxi e fui correndo até sua casa. Este livro já não poderia ser sobre os diários em falta.

5

Este livro é também sobre um segredo. Um segredo que não consegui — não pude, não quis — contar à minha mãe, tampouco aos meus diários.

6

Todo mundo conhece os peitos da tua mãe, diz uma amiga oito anos depois do episódio da piscina, com um sorriso que é seu até hoje. Será?, retruco. Ela não faz a menor questão de os esconder, afirma. Não sei se há crítica em suas palavras, mas há humor, e também ternura, porque essa amiga, que também escreve, se entendia muito bem com a minha mãe. Quatro anos mais velha do que eu, entrou na minha vida no ano em que a Djamila morreu — e ficou.

Da minha mãe, tenho um segredo. E toda uma vida que ela não conheceu.

Não sei quantos segredos ela teria de mim, quantos segredos nunca vou conhecer.

A minha amiga tem vários. Faz parte dela ter segredos. Ela não gosta que nada seja grave. Então, espera o tempo passar, espera muito, e de repente, numa conversa banal, num café da manhã em sua casa, ela revela algo drástico do seu passado como se eu já soubesse. Foi assim, por exemplo, que me falou de um aborto mais de vinte anos depois. Como se nada fosse, ela comentou, Acho que eu nunca tinha te contado. E vida que segue, porque afinal vinte anos já tinham se passado.

Na hora em que as coisas acontecem, essa amiga que também escreve acha que nomeá-las as torna reais em excesso. Ela não gosta de sobressaltos, tem receio dos meus dramas, que, diz ela, fazem tudo ficar mais intenso. Pouco depois da morte da minha mãe, seu irmão mais novo teve o mesmo câncer do qual ela havia morrido. Tudo começou com uma dor de garganta que não passava e uma série de exames. Quando lhe perguntei sobre o resultado, ela deve ter hesitado, mas preferiu me dizer que era só uma inflamação. Alguns meses depois, encontrei-o num evento, sem cabelo.

Demorou, mas acabei compreendendo os segredos da minha amiga como parte dela. Parei de querer que me contasse tudo. E assim, vez ou outra, num café da manhã, descabelada, de pijama, com a maior naturalidade do mundo, esvaziada de peso, ela me revela alguma história difícil da sua vida da qual eu talvez tenha participado sem saber, em silêncio.

Quando contei o segredo que guardei da minha mãe para ela, a minha mãe ainda estava viva. Ela achou melhor eu não contar.

7

F., outra amiga, mais antiga, também achou melhor eu não contar.

L., uma amiga da escola, também achou melhor eu não contar.

M.F., uma amiga da faculdade com quem troquei uns beijos numa noite, também achou melhor eu não contar.

V., uma paixão, também achou melhor eu não contar.

M.B., um namorado, também achou melhor eu não contar.

A ex-psicanalista da minha mãe também achou melhor eu não contar.

A minha irmã, quando soube, a nossa mãe já tinha morrido; então ela me disse, Preferia que você não tivesse me contado.

Se fosse hoje, eu responderia, Eu também preferia que não tivesse acontecido.

8

Os diários que recebi na véspera do meu retorno a Lisboa estavam dentro de uma pequena pasta verde. Um deles tinha a capa solta; o outro, com as letras douradas, estava mais preservado. Abri-os lentamente e folhas avulsas caíram no chão. Um cartão da Pousada das Araras. Uma ficha catalográfica com a anotação *Orizes-Procazes. S. 2 gên. pl.*, e de repente a lembrança de que, quando jovem, minha mãe trabalhou na equipe do dicionário *Aurélio*. Algumas folhas com a sua caligrafia quase incompreensível e uma única batida à máquina, que começa com o resumo de um livro de John Steinbeck em inglês e termina com: *Helena, residente à rua Almirante Guilhem, 64, Leblon, Gilda, residente à rua Almirante Guilhem, 64, bolha de nascimento e doida para casar.*

Folheio o diário de capa dura, não entendo quase nada. O outro, em cuja capa há o título "O Vencedor", traz uma caligrafia mais infantil, sem pressa, sem abreviações, um "Querido diário" muito legível. Mas eu sei, eu lembro que o de capa dura era o meu preferido. Nele, minha mãe está mais livre, viajando, e se parece mais com a mulher que se tornou.

No mais antigo, ela está muito presa à casa, aos pais, aos irmãos.

Quando nasci, a casa da Almirante Guilhem, 64 ainda existia, mas já ninguém morava nela; viúvo, o meu avô havia se mudado para um apartamento em Ipanema. De todos os primos, eu e a minha irmã somos as únicas que só conhecemos a casa do Leblon por fotografias.

Tendo saído de Esmirna, na Turquia, na década de 1920, ainda adolescente, meu avô veio primeiro para São Paulo, onde tinha um primo, e depois seguiu para o Rio de Janeiro, onde fundou com um sócio italiano a Óptica Lux. De origem pobre (com oito anos começou a vender botões na rua), subiu na vida, como tantos imigrantes no Brasil. Construiu uma casa enorme para a família na quadra da praia no Leblon — nos anos 1950 e 1960, um bairro que não tinha o mesmo status de privilégio de hoje. Minha mãe a descreve em seu livro *Entre árabes e judeus*: "Era assim a nossa casa de pedra no Leblon. Embaixo, a sala de jantar, copa, cozinha, sala de visitas, banheiro, duas varandas e o hall de entrada — tudo bem amplo. No andar superior, outro hall, o quarto duplo de meus pais com espaçosa varanda, o banheiro deles (rosa, de mármore), o das crianças (azul, de azulejos), um quarto para meu irmão Sérgio (com uma grande escrivaninha) e outro para as três meninas (com uma penteadeira). Do lado de fora, jardim, garagem, lavanderia, salão de jogos, um quarto para cada um dos três empregados. Ou seja, uma casa onde sobrava espaço, mas nós três possuíamos apenas um quarto para dormir, guardar nossas roupas, livros, coisas em geral".

Minha mãe comentava com frequência a geografia da casa, que reservava apenas um quarto para as três irmãs, sem lugar de estudo, e um inteiro para o irmão mais velho, que reinava no contexto doméstico. Também dizia que as meninas — apesar de estudarem em bons colégios, terem aulas de inglês, francês e piano — eram educadas para encontrar um noivo no CIB, o Clube Israelita Brasileiro. A inteligência da mulher se revelava na escolha de um bom marido.

Nessa economia familiar, minha mãe havia chegado por último, depois de um menino morto na barriga da minha avó, com a gravidez avançada. Quando ela nasceu, meu avô sofreu de desgosto diante de mais uma menina. "Nunca me esconderam também que papai chorou muito quando nasci — de tristeza, de raiva", escreve a minha mãe.

Não sei se a sua força e a sua liberdade vieram de ela ser a caçula, de ter sido indesejada, nem sei o que fez com essas palavras que ouviu desde pequena. Sei que, das três meninas, foi a única que não saiu para casar de véu e grinalda, e virgem, na sinagoga. Tendo nascido depois de um menino perdido, fez coisas que só os meninos faziam. Também sei que, para ela, minha avó aconselhava o que jamais diria às outras: "Minha filha, não entre na cozinha, que você não sai mais de lá". Na sua loucura, Judith lhe havia dado o melhor dos conselhos.

Anos após a morte da minha mãe, escrevi no meu segundo romance uma personagem que tinha transtorno obsessivo-compulsivo. Só então, ao pesquisar e escrever sobre o tema, entendi que, se fosse viva, Judith seria diagnosticada com TOC. Ela exigia que os objetos da casa ficassem rigorosa, milimetricamente organizados; gritava se encontrasse uma escova de dentes fora do lugar; repetia a mesma pergunta compulsivamente. Chegou a ser internada numa clínica psiquiátrica, de onde conseguiu fugir saltando o muro.

Minha mãe nunca se deu muito bem com sua mãe, mas provavelmente se parecia com a mulher que Judith havia sido antes do casamento: uma mulher de gargalhadas soltas. Judith parou de rir porque meu avô não gostava e também porque não era feliz como mãe e esposa nem tinha como pular fora. Ou pulou fora de um modo torto, com suas obsessões, suas mil doenças, cirurgias, enxaquecas.

Talvez Judith enxergasse na caçula a coragem necessária para não entrar nas prisões em que ela se via: a casa, a cozinha, o marido, a maternidade, a vida doméstica, enfim. "Meu pai pôde vencer na vida, ser um grande comerciante; minha mãe só pôde casar e procriar. Não tenho dúvidas de que ela era bem mais inteligente, viva, do que ele. Apenas não pôde viver", escreveu a minha mãe.

Apesar do tamanho e da beleza da casa no Leblon, ela sempre me pareceu um lugar apertado por causa de suas convenções. Um lugar onde eu não gostaria de ter nascido. Muitas vezes, tentei imaginar as meninas no andar de cima, minha mãe escrevendo seus diários na cama enquanto as irmãs dormiam. Ela costumava dizer que ansiava pelo momento em que elas casassem e o quarto se tornasse apenas seu. E assim foi: primeiro a Lúcia, depois a Gilda, e o quarto ficou só para ela. E foi chatíssimo.

9

27/01/1961

Querido Diário,

Mamãe continua na mesma briga conosco por qualquer coisinha, às vezes chega a ser insuportável. Oh! Você não sabe como é horrível ter que mentir para a mamãe assim. Como eu gostaria de poder contar tudo para ela assim como eu conto para você, contar-lhe que agora eu conheço muitos rapazes e outras coisas. Está certo que ela não me deixe namorar, mas não me deixar conversar com rapazes como amigos é horrível! Eu jamais me conformarei com isso! Eu, se algum dia tiver uma filha, creio que jamais terei coragem de fazer uma coisa dessas! Mas não adianta, mamãe é assim mesmo, tem ideias muito antigas, creio que não faz isso por mal.

10

Eu também tive o meu quarto das três irmãs. Quando meus pais se separaram, passamos a viver em guarda compartilhada. Depois, quando fiz dez anos e me mudei para uma escola grande, perto da casa materna, passei a viver só com a minha mãe. Eu, Dina e Djamila dormíamos na casa do nosso pai todas as terças-feiras e dois fins de semana por mês.

Quando a mãe da minha irmã mais velha morreu, de um câncer fulminante nos pulmões, ela se mudou. O nosso quarto também se tornou só dela nos momentos da nossa ausência. Foram quatro anos assim, até a madrugada em que meu pai acordou com a campainha, o bombeiro na porta, anunciando o desastre.

Ficamos horas do lado de fora, sem conseguir entrar no Miguel Couto nem ter notícias do seu estado de saúde. Sabíamos apenas que ela estava no CTI. Em algum momento, eu e meu pai conseguimos entrar. Nos corredores repletos de gente do hospital, interceptamos um médico que passava. Meu pai descreveu a filha, e a resposta dele foi, Só um milagre. Um milagre? Ele já tinha visto algum milagre acontecer? Já tinha visto, naquele hospital acostumado a receber emergências, uma mulher de vinte e seis anos bater um Uno branco contra uma árvore no aterro do Flamengo, ser levada com traumatismo craniano, o corpo todo deformado e morte cerebral, sobreviver? E o jeito frio, assertivo como ele disse "Só um milagre" antes de seguir o seu caminho não nos deixou qualquer dúvida. Soltei um grito que escuto até hoje e despenquei no chão. Uma enfermeira surgiu, me amparou, depois desapareceu e voltou com um copo de água com açúcar. Em seguida, andamos pelo corredor, não lembro por que, nem para onde, mas vejo e escuto meu pai, que nunca chora, chorando. A casa vai ficar tão vazia, ele constatou.

No dia seguinte, no enterro, uma amiga do meu pai me segurou e me disse com firmeza, Cuida do teu pai. Perder uma filha é pior do que perder uma irmã.

Mania que as pessoas têm de quantificar a dor.

De comparar as dores.

De pronunciar sentenças definitivas em momentos de desespero.

De colocar na cabeça de crianças e adolescentes frases que elas jamais conseguirão esquecer, porque nessa altura da vida as sentenças grudam na cabeça e não descolam mais.

Juntei as frases, a do meu pai e a da amiga dele, e me mudei, aos dezessete anos, dias antes de começar o primeiro semestre na faculdade, para a casa que não podia ficar tão vazia. Ocupei o quarto que nunca mais seria de nós três, onde encontrei os presentes que a Djamila havia comprado para me oferecer no aniversário: o CD *Joia*, de Caetano Veloso, e uma agenda de 1996 que eu mesma lhe havia pedido, para anotar os acontecimentos dos meus dias. E o que aconteceu ao longo daquele ano fui eu tentando preencher o vazio da casa.

II

Meus modelos na literatura foram sempre mulheres. Embora eu tenha caído de paixão por Faulkner, Melville, Camus, Kafka, Baudelaire, Pessoa, Dostoiévski, Rosa, entre tantos outros, nunca desejei ser nenhum deles. Nunca tive com eles a relação de intimidade que tive com Clarice, Virginia ou Simone. Eram elas que eu queria me tornar.

Quando me apaixono por uma escritora, quero ler, além de seus versos, seus romances e seus contos, também sua correspondência, seus diários, seus escritos autobiográficos, tudo o que houver disponível sobre sua vida. Quero entender como elas se construíram com a escrita. Que mulheres elas se tornaram ao (se) escreverem?

Certo dia, caminhando por Lisboa, me deparei com um livro de Virginia Woolf, *Momentos de vida*. Comprei-o na hora. O volume, cujo título original é *Moments of Being*, reúne cinco narrativas escritas entre 1920 e 1936: "Reminiscências", "Um esboço do passado" e três outras, lidas por Virginia no Clube das Memórias, que juntava ocasionalmente amigos para jantar, conviver e ler textos autobiográficos regidos pela franqueza absoluta.

Foi assim que descobri que Virginia e Vanessa haviam sido abusadas por seus irmãos mais velhos desde a infância até o fim da adolescência. Não sei se fiquei mais chocada com o fato em si, com a sua coragem de contar esse acontecimento num círculo de amigos ou com a ausência de comentários a esse respeito no mundo literário. Até então eu nunca tinha ouvido falar que Virginia Woolf tivesse sido abusada.

Tinha ouvido falar, isto sim, que depois de morta ela ganhara fama de depressiva, doentia e assexuada. Mas não que seu corpo tinha sido violentado tantas vezes — e pelos próprios irmãos.

Nem que ela havia escrito abertamente sobre isso.

Em "Um esboço do passado", ela conta: "Certa vez, quando eu era bem pequena, Gerald Duckworth me colocou ali sentada e começou a explorar o meu corpo. Eu me lembro da sensação da mão dele enfiando-se por baixo das minhas roupas; descendo mais e mais, firme e continuamente. Eu me lembro de como eu torci para que ele parasse; de como eu enrijeci o corpo e de como me contorcia quando sua mão se aproximou das minhas partes íntimas. Mas ele não parou".

Gerald Duckworth era o mais novo dos três filhos do primeiro casamento de Julia Jackson (mais tarde, Julia Stephen), mãe de Virginia. Seu pai, Herbert Duckworth, morreu antes de seu nascimento. Quando Gerald tinha oito anos, Julia se casou com Leslie Stephen, com quem teve quatro filhos: Vanessa, Thoby, Virginia e Adrian.

Em "Hyde Park Gate 22", apresentado no Clube das Memórias, ela conta como também foi abusada sexualmente por George, seu irmão mais velho: "Já quase adormecera. O quarto estava escuro. A casa em silêncio. Então, rangendo furtivamente, a porta abriu-se; avançando com todo o cuidado, alguém entrou no quarto. 'Quem é?', perguntei. 'Não tenhas medo', murmurou George. 'E não acendas a luz. Oh, minha querida. Minha querida...' e lançou-se para cima da minha cama, tomando-me nos braços. Sim, as velhas senhoras de Kensington e Belgravia nunca souberam que George Duckworth não era apenas pai e mãe, irmão e irmã daquelas pobres raparigas da família Stephen; era seu amante também".

No texto seguinte, ela retoma o acontecimento: "Ouvi então uma pancada de leve na porta, a luz apagou-se e George lançou-se para a minha cama, acariciando-me, beijando-me e abraçando-me com o objetivo de reconfortar-me, segundo ele mesmo explicou mais tarde ao dr. Savage, pela doença fatal do meu pai, que, três ou quatro pisos mais abaixo, estava a morrer de cancro".

Virginia tinha sofrido tristezas cedo demais, disso eu sabia. Perdeu a mãe aos treze anos. Aos quinze, a irmã mais velha, Stella. Sete anos depois, o pai. O que eu não sabia é que, enquanto ele agonizava na cama, doente, aquela menina, de quem a vida já exigira tanto, era abusada pelo próprio irmão, que a violentava com a desculpa do consolo.

Será assim tão comum que os homens abusem das mulheres em momentos de doenças familiares?

Será assim tão comum que os homens gostem de se deitar sobre corpos fragilizados pela dor?

Que Virginia tenha falado sobre isso na década de 1930, não canso de repetir, é algo extraordinário. Que ela mal tenha sido ouvida ao longo das décadas que se passaram, é o nosso mundo.

Que nos culpemos por violências que sofremos, é consequência:

"Não sou capaz de ocultar a minha opinião de que Vanessa terá tido alguma culpa; não é que, na realidade, ela pudesse ter feito alguma coisa para evitá-lo, mas por vezes penso que se Vanessa tivesse nascido com um ombro mais alto do que o outro, coxa, vesga, com uma grande verruga na face esquerda, tanto a vida dela quanto a minha poderiam ter sido diferentes, para melhor."

Se eu, Tatiana, não me parecesse com um camafeu, se a minha beleza não fosse para homens mais velhos, cultos, a minha vida poderia ter sido diferente, para melhor.

E o que terão pensado as meninas com cabelo liso e franjinha? Que se tivessem o cabelo cacheado, sem franja, se não tivessem aquela beleza tão juvenil, a vida delas poderia ter sido diferente, para melhor?

Quanto mais eu leio histórias de mulheres, mais sentido vejo em escrevermos de forma pessoal. Aquilo que vivemos na intimidade, achando que só acontece com a gente, e por culpa nossa, acontece desde há muitos milênios com, se não todas, quase todas nós. Primeiro nos dizem para escrever em segredo sobre nós mesmas. Depois, quando decidimos mostrar para os outros o que escrevemos, nossos diários, nossas cartas, nossas narrativas em primeira pessoa não são consideradas literatura, ou são literatura menor. Só que nada fala mais de quem somos, de quem nos tornamos, coletivamente, do que as histórias de nossa vida.

12

31/01/1961

As coisas vão da mesma maneira, e até agora nada de novo, continuo a não ter sorte no amor, a não ser com os que eu não gosto, continuo a ter amores impossíveis (Biriba, Roberto e Robertão) e assim por diante. Mamãe hoje à noite estava muito zangada e portanto brigou muito, mas depois isso passou. Bem, agora vou dormir. Boa noite.

13

O diário nasceu com os homens. Inicialmente, eram narrativas de viagens, navegações, explorações geográficas, conquistas. Com o tempo, e com a escrita subjetiva dos protestantes convertidos, saiu das aventuras e se voltou para o mundo interno. Foi então que os homens foram se afastando dos diários, e as mulheres se aproximando, até eles se tornarem coisa de menina, tal como as bonecas, os brinquedos de cozinha, as saias, os vestidos, as presilhas de cabelo.

No entanto, já li muitos diários escritos por homens: de Dostoiévski a Saramago, passando por Gide, Kafka, Mann, Barthes, Márai.

Será que os homens só começam diários quando já escrevem (poemas, romances, contos, ensaios), enquanto as mulheres mantêm diários antes mesmo de escreverem (poemas, romances, contos, ensaios)?

14

Eu me lembro de muitas coisas antes do 3 de dezembro de 1989, mas nenhuma dessas lembranças tem dia, mês, ano. Nenhuma delas é localizável no tempo como aquele domingo ensolarado, o primeiro fim de semana das tão aguardadas férias de verão. O primeiro ano numa escola grande, depois de nove anos numa pequena, protegida, familiar. E de repente uma imensa, quatro Tatianas na mesma turma, vários pátios, vários prédios, uma escola metodista, a mesma que a minha mãe frequentara nas décadas de 1950 e 1960 num Rio de Janeiro tão diferente do de hoje.

Eu me esforcei tanto para gostar da escola grande, e isso me deixou tão cansada, que agora estou contente com as férias que chegam. Eu me lembro dessa sensação, do início daqueles três meses que viriam, porque a lembrança desse dia é muito precisa, embora alguns detalhes me escapem. Eu me esqueci, por exemplo, de como passei da piscina para o escritório, de como fiquei sozinha.

Estou lá dentro, folheando uma das revistas *Playboy* do meu padrasto. A minha mãe e o meu padrasto sumiram, como acontece sempre, provavelmente se fecharam no quarto. É a primeira vez que vejo corpos de mulheres adultas com tantos detalhes, as pernas abertas, de frente, de costas, de lado, os peitos grandes, o olhar sedutor querendo sair da página da revista, os lábios das xoxotas, como eu chamava naquela época o sexo feminino, grandes, salientes, não como os meus, ainda imaturos, pequeninos, mas que sinto licorosos quando os toco por baixo do biquíni.

Da pilha de quatro revistas, escolho o exemplar mais antigo, a Lídia Brondi na capa, uma das atrizes que eu queria ser. Aos dez anos, tímida, reservada, de poucas palavras, sonho em ser atriz, fazer teatro, filmes revolucionários e novelas da Globo, mesmo sabendo que elas não são levadas em consideração na minha casa, lixo cultural, nada a ver com arte, com os filmes do meu padrasto e dos amigos que frequentam nossa casa. Imagina, uma filha de ex-guerrilheiros contra a ditadura, ela própria nascida no exílio, sonhar em fazer novela da Globo e, aos dez anos, imaginar que aos dezoito poderá posar na *Playboy*, mesmo que não tenha o cabelo liso nem a franja da Lídia Brondi. Por que nasci com este cabelo encaracolado? Este rosto fino? Esta boca fina? Certamente, ninguém vai querer que eu pose para a *Playboy* quando eu tiver dezoito anos, a não ser que a minha mãe tenha razão, e a minha beleza seja mesmo para adultos, penso, enquanto envolvo o cabelo com a toalha, seguro as costas da cadeira, o tronco encostado nela, os peitos apertados contra o tecido de couro, enfio o biquíni na bunda e me viro para olhar a revista, conferindo se é essa a posição da Lídia Brondi na fotografia.

Depois de imitar algumas poses da atriz, devolvo a revista à pilha e pego a da Rosenery Mello, curiosa por sua estranheza, cabelo típico da década, picotado e revolto, olhos muito azuis e uma taça de champanhe na mão. Antes de abri-la, cerro um pouco os olhos, a cabeça sobre a mão direita, a sensação de ter passado o dia num barco, a água que vai e vem, quase adormeço, mas meu corpo estrebucha, dou um pequeno salto e volto à revista. Sinto o corpo despertando outra vez, quando, sem qualquer aviso, minha mãe abre a porta e o meu susto é enorme, sai-me um grito pela boca, gutural e extenso.

Ela ri. Eu também. É a primeira vez que rimos muito nesse dia, e o riso vai me dando algum conforto num fim de semana atípico, a solidão mais pesada do que o costume; e o riso era, tanto quanto o silêncio, a timidez e a angústia, o lugar no qual eu e minha mãe nos encontrávamos e nos reconhecíamos. Ninguém no mundo tinha, nem teria, nem o homem por quem eu me apaixonaria aos quarenta e três anos e com quem riria por horas a fio, o mesmo humor que o da minha mãe; vou sentir saudades dessa gargalhada solta depois da morte dela, a boca dentuça escancarada. Então ela se aproxima, repara nas revistas e pergunta, Você tá vendo *Playboy*? Por sorte a revista está aberta na entrevista com o Keith Richards, eu gaguejo, enquanto ela passa os olhos e afirma, Sempre preferi os *Beatles*, a revista se fechando e retornando à pilha.

15

01/01/1965

Querido Diário,

É estranho estar sozinha no meio de tantas pessoas. Só em todos os sentidos. Mas é bom. Faz-nos crescer, e muito. Parece também que os fatos ocorridos recentemente não se realizaram, não foram reais. O embarque, papai chorando, as confusões no colégio, minha despedida do prof. Hugo, Maria Luiza, tudo, enfim. Entretanto, essas coisas estão bem vivas em minha mente. Não esqueço um só detalhe. O ano que passou teve muitas pedras [perdas?], *mas foi um ano muito intenso para mim.*

02/01/1965

Não sei o que me ocorreu hoje à noite, não conseguia me integrar entre as pessoas, sentia-me quase como L'etranger, *de Camus. Como eu gostaria de ser diferente, de ser realmente extrovertida. Ser humano é mesmo um bicho complicado. Veja só eu, por exemplo, nunca estou satisfeita com o que tenho ou o que sou.*

P.S.: Se imaginasses essa cabine... Gostaria de escrever muita coisa. São mil pensamentos que borbulham em minha mente. Mas este sono...

16

Nas férias de 1989 para 1990, meu padrasto me conseguiu o que eu mais queria: uma vaga para fazer teatro no Tablado. Eu, aquela menina tímida, que jamais se sentiria à vontade num palco, nem quando, muitos anos depois, fosse falar de seu trabalho como escritora, estava a dois passos de me tornar atriz — foi o que pensei. Graças aos contatos dele, todas as terças-feiras eu passaria a pegar um ônibus na rua Pinheiro Machado em direção ao Jardim Botânico durante três anos, dos onze aos treze, até entender que, mesmo querendo muito, eu não tinha nascido para aquilo.

17

A dor fica mais evidente no segundo diário, escrito enquanto minha mãe viajava pela Europa em férias escolares. Era início de 1965, nove meses depois do golpe militar e do início da ditadura que se alastrou por vinte e um anos no Brasil. Ela tinha dezesseis, quase dezessete anos, e foi na escola que descobriu o que estava começando a acontecer no país. Os conflitos iam aos poucos saindo da casa, entrando no domínio público, na política. Nos anos seguintes, ela se formaria em ciências sociais, trabalharia pela primeira vez como jornalista, cobriria uma guerra, entraria na clandestinidade e seguiria rumo ao exílio com meu pai, que era membro da direção do PCdoB.

A questão política no seu diário de viagem aparece de forma pessoal. Ela não se mostra inquieta com o futuro do país, mas com o futuro dos professores que haviam sido expulsos da escola e perseguidos: Hugo, de história; Maria Luíza, de inglês; e Clóvis, de geografia. Há um medo que ronda o caderno da primeira à última página e que reflete a situação opressora que vinha da política e entrava na vida das pessoas. Esse medo e essa preocupação com os professores se alternam com observações sobre a viagem e com uma escrita subjetiva, íntima, que fala repetidamente da solidão. Ela se sentia muito sozinha. Escrevia repetidas vezes a palavra *só*. E agora me pergunto se a solidão da menina é diferente da solidão do menino. Se a solidão da mulher é diferente da solidão do homem. E se a solidão numa ditadura é diferente da solidão numa democracia.

18

Meu padrasto apareceu lá em casa com uma máquina de fazer algodão-doce, palitos de madeira e açúcar. Acho que foi em 1990, mas também pode ter sido em 1989 ou 1991. Fiquei entusiasmada com a novidade, eu nem sabia que se podia ter uma máquina de algodão-doce, para mim essa era uma atividade de profissional, com suas carrocinhas em frente ao cinema, ao circo.

Ele então nos mostrou como fazer, despejando o açúcar na máquina que, uma vez ligada, girava velozmente. Aí, era colocar o palito na tábua giratória e ir fazendo o algodão-doce. A beleza do formato variava conforme a habilidade de cada um.

Nos meses que a máquina ficou lá em casa, nunca chegamos a fazer um tão bonito quanto os que comprávamos na rua, até porque não púnhamos corante e todos ficavam brancos. Mas aquela máquina se tornou um objeto importante. Os colegas da escola e os amigos de fora sabiam que ela existia. Levávamos gente lá em casa, organizávamos pequenas festas só para fazer nossos próprios algodões-doces.

Até que um dia, numa de suas aparições, meu padrasto a levou embora.

19

Minha mãe foi a primeira correspondente de guerra brasileira. Mas foi o acaso que fez dela uma "enviada especial" no Cairo durante a guerra do Yom Kippur, ou do Ramadã, em 1973. Ela adorava falar desse acidente — de como, tendo ido para o Oriente Médio pesquisar sobre o conflito entre árabes e judeus, terminou bem no meio de uma guerra. O *Jornal do Brasil*, e nenhum outro, jamais teria enviado uma mulher, muito menos uma de vinte e cinco anos, para o front. Mas ela estava lá. Os aeroportos tinham sido fechados. Era ela ou ninguém. E foi ela. Ela no meio de um monte de homens.

Ela, Helena, judia, num país árabe. A sorte foi seu sobrenome, que lhe permitiu se passar por descendente de libaneses cristãos naqueles meses no Egito. Suas reportagens, claramente pró-Palestina, a tornaram alvo da comunidade judaica, e até meus avós sofreram retaliações por isso.

Escreveu muitas reportagens e três livros sobre o conflito entre árabes e judeus no Oriente Médio. Mas nunca narrou tão bem a guerra como quando escreveu em primeira pessoa, na voz da mulher que aos vinte e cinco anos estivera no local, misturando seu passado (a infância) e seu futuro (a guerra que viveria em seguida no Brasil, na ditadura) com a guerra do Yom Kippur. Foi seu último texto sobre o assunto.

20

Eu tinha medo de lhe contar. Tinha medo de ser a portadora de uma tristeza enorme. De que ela me amasse menos. De que desconfiasse de mim. Fui tão esmagada por esse segredo que até encontrei um jeito de me tornar paciente da sua psicanalista, na esperança de que ela me respondesse se eu deveria ou não contar à minha mãe, ou como se, contando para a sua psicanalista, eu estivesse contando também à minha mãe.

Mas a minha mãe morreu sem conhecer o segredo, sem sequer saber que ele existia, uma violência entre nós. Fiquei sozinha com a perda, a dor e a dúvida. Todos esses anos me perguntei se eu devia ou não ter lhe contado, se fiz ou não a coisa certa, se fui ou não uma filha justa. Talvez eu precisasse, mais do que dizer o que aconteceu, ouvir a sua absolvição, saber que ela estava do meu lado. Talvez — mas só me dou conta disto agora — eu, que sempre achei que deveria lhe pedir desculpas, quisesse ouvir um pedido de desculpas dela. E me deitar no seu colo, enquanto escrevo esta história como escrevem outras mulheres: numa primeira pessoa autobiográfica, num tom de voz muito baixo, quase um sussurro, assumindo que eu sou eu, a narradora é a personagem, e a personagem é a autora.

21

Ah, não, em sussurro já foi até aqui. Agora você vai gritar bem aaaaalto, vai deixar a menina tímida de lado, vai escrever num tom de voz límpido e forte tudo o que aconteceu com você; tudo o que você não contou à sua mãe e te sufocou esses anos todos. Você vai gritar e vai se perguntar, Quais eram, quais são meus verdadeiros medos? Lembrando que, se o que você quer não é apenas contar essa história, mas escrevê-la, não poderá deixar de se revelar, de se expor, o que significa, em outras palavras, não ser complacente consigo própria. Escrever, ou escrever-se, dói mais do que contar.

22

Decidi, uma vez mais e depois de tanto tempo, começar um diário.

O diário do que é permanecer em Lisboa, a cidade para a qual me mudei para casar depois do casamento desfeito.

O diário do que é ser mãe separada.

O diário das dores de uma paixão.

Mas também um diário para falar do medo de que Bolsonaro seja reeleito. Que a cena da piscina me peça para ser escrita agora, enquanto novamente cantamos "Lula lá!", me faz pensar que a intimidade não escapa da política. Me faz sentir, enquanto escrevo, tudo aquilo sobre o que escrevo: que literatura *é* política.

23

03/01/1965

Continuo a sentir grades ao meu redor. Penso às vezes que fui eu a própria construtora, mas penso também que podem ter sido as condições que me cercam as responsáveis.

Estava em busca de total alienação, mas não consigo viver num oceano de superficialidade. Caio nas valas, aterro-me, não posso, sinto dificuldade em me misturar com os outros. Contudo, não quero continuar assim, tenho horror à solidão. Sei também que sou ingrata, exigente demais. Tenho pensado muito, há diversas coisas que necessitam urgentes reparos em mim. Hei de mudar.

24

A lembrança do dia 3 de dezembro de 1989 vai agora para um terceiro bloco, como numa montagem cinematográfica. Minha mãe sumiu de novo. Não vejo meu padrasto desde o episódio do desenho na piscina. Estou no quintal, em frente ao quarto onde dormi, deitada sobre a grama, vestida apenas com uma calcinha estampada com flores. Faz mais calor do que antes e transpiro muito. Tenho receio de ser interrompida de novo, desta vez não teria desculpa, meu corpo estirado na grama, minha mão puxando o elástico da calcinha para o canto.

Se a Dina tivesse ido, eu não estaria ali, penso enquanto escrevo. Para onde ela teria ido, aos oito anos de idade, sem a gente? É verdade que fomos criadas de forma bastante livre, sempre pelas casas de amigas que eram filhas de amigos dos nossos pais, todos de esquerda, ex-militantes que na década de 1980 viviam o desbunde da democracia num país que estava deixando uma ditadura militar e em pouco tempo, faltavam apenas alguns dias, iria escolher seu novo presidente em eleições diretas pela primeira vez depois de vinte e nove anos. E eu estar deitada no quintal, os peitos à mostra, os dedos deslizando pela calcinha, enquanto minha mãe e meu padrasto estavam sumidos na casa, talvez tivesse alguma coisa a ver com isso. Seguro a vontade de fazer xixi até o xixi começar a escorrer pelas pernas.

Sentada na privada, abro a boca com lentidão e arregalo os olhos, que se abrem com força diante daquele vermelho espesso, o animal que se instalou bem no centro da minha calcinha. Não é formiga nem libélula nem joaninha. É um animal feito só de sangue. Uma pequena mancha, que sinto como a ameaça de uma fera enorme. Passo o papel higiênico entre as pernas uma, duas vezes, e depois de novo, uma, duas vezes, sempre vermelho, um vermelho-claro, vivo.

Não sei o que fazer. Ninguém me preveniu que *aquilo* poderia acontecer assim, de repente; que *aquilo* poderia acontecer aos dez anos de idade; que *aquilo* poderia acontecer quando eu estivesse em Itacoatiara, a minha mãe trancada no quarto com o meu padrasto, eu sozinha. Ninguém, nem a minha mãe, que tinha a insuportável mania de me explicar *tudo*, havia me explicado como agir quando um dia eu fosse fazer xixi e encontrasse a calcinha manchada de sangue.

Deito na cama que não é a minha, no lençol que não é o meu e exala um cheiro de mofo, abraço o travesseiro alto que eu detesto, como se finalmente tivesse encontrado uma função para ele. Abraço-o com força, enquanto um horror mudo vai, aos poucos, se apoderando de mim. Sinto agora uma tristeza desesperançada, como se eu tivesse levado uma pancada, sido exposta a uma avalanche de sensações que tombaram sobre mim sem que eu possa me defender. Me encolho toda, sem saber que esse dia me perseguiria pelo resto da vida, que esses sentimentos me deixariam insone muitas noites, que a incompreensão de tudo o que está acontecendo me faria procurar palavras capazes de narrar outras cenas, outras histórias, outras personagens, sob a sombra daquele sangue na calcinha, da solidão daquela menina deitada na cama, da intensidade de tudo o que eu sentia, que poderia ser descrito como espanto, medo, tristeza, uma pequeníssima alegria, mas tudo tão explosivo que não cabe em palavra nenhuma, nem num amontoado de palavras, não cabe em significados, em explicações, e por isso dói tanto.

Mais uma vez saio de mim para me tornar espectadora de mim e do mundo, algo ao qual estou habituada, mas que nem por isso me causa menos estranhamento. Olho para a parede pintada há tempos, com sinais de umidade, o chão de cerâmica, o ventilador de teto, quebrado, e o outro, pequeno, sobre uma cadeira de palha, que afasta os mosquitos durante o meu sono e produz um ruído contínuo que me embala. Nada parece ser exatamente o que é, como eu própria, a menina, que flutua no corpo.

Desta vez não grito quando minha mãe aparece, pedindo que eu me arrume, está na hora de voltarmos para o Rio.

Ela abre a porta do carro para eu entrar e pergunto, quase num sussurro, porque sou muito tímida, reservada, não tenho coragem de lhe dizer as coisas diretamente, apesar da nossa intimidade, se o meu padrasto, que mora em outra casa, também vai para a nossa. Diante da resposta afirmativa, torço os lábios, é o máximo que consigo fazer, demonstrar insatisfação com o rosto e, no banco de trás do Gol cinzento, rezo para não acontecer nada até chegarmos a Laranjeiras, o que deve levar mais ou menos uma hora.

25

O meu padrasto tinha uma barriga enorme, redonda, duríssima. Crianças, eu e a minha irmã gostávamos de brincar de espetá-la, Vai furar que nem um balão e sair voando pela casa até cair no chão.

26

15/02/1961

À noite, quando eu voltava para casa, o Ricardo pediu-me para me acompanhar e… Estou namorando ele.

[…]

Ele: Por que sua mãe não deixa você namorar?

Eu: Eu também gostaria de saber…

Ele: Minha mãe não se incomoda que eu namore.

Eu: Mas você é homem!

Ele: E que tem isso?

Não pensei que ele fosse tão tímido! Coitadinho dele… Jamais teria coragem de dizer-lhe não. Teve uma hora em que ele me disse: "Já disse para a minha mãe que estou te namorando, você está zangada por causa disso?". Eu respondi: "Não". Mas acho que não gosto dele. O nojento do Roberto apareceu hoje na rua e foi contar para os rapazes sobre o telefonema, como uma vantagem, também virei as costas para ele. Detesto-o, tenho verdadeiro nojo daquele brancão, gordinho e banhudo metido a bacana. Nunca mais pretendo falar com ele.

16/02/1961

Não sei, mas acho que não gosto do Ricardo. Ele não me atrai em nada. Bem, mas tão cedo não posso terminar, pois a Verinha falou que seria muita sujeira. Vou ver se aguento ele umas duas semanas…

Oh! Pensando bem, como foi chato esse negócio do Ricardo ter me salvado hoje, e pior ainda é eu estar namorando ele. Mas não posso terminar por outro motivo, que a Verinha me disse, se eu terminasse logo com ele, ia acabar ficando com a fama da Maria Lúcia, pois eu já havia namorado o Bira só dois dias (12 a 14/01). Tomara que eu o aguente 2 semanas. Até já, depois do jantar voltarei a escrever, "Ciao Diário".

17/02/1961

Eu não sei, eu faço tudo pra ele brigar comigo, mas não adianta. Creio que duas semanas eu não o aturarei. Vou ver se termino o mais rápido possível. Talvez amanhã, já me enchi!

P.S.: Agora ficarei menos na rua, pois não fica bem uma menina passar o tempo todo na rua.

18/02/61

Terminei com o Ricardo hoje à noite. Não sei, sinto-me tão triste e chateada. Sinto-me extremamente culpada e má. Vejo a Lúcia e a Gilda como são, tão diferentes de mim, têm o coração tão bom. Sinto-me egoísta, muito egoísta e por isso estou zangada comigo mesma. Quero ser diferente, e serei! Não posso continuar assim, tanto peço para ter mais paz comigo mesma, mas hoje estou em guerra! Estou tão chateada, tão triste, tão desanimada! No amor, não tenho mesmo sorte.

P.S.: Amanhã é o pior dia pra praia, pois amanhã o papai vai, e eu não posso falar com garotos.

27

Para que se expor tanto?, me pergunta G. ao ler as cenas da piscina, do escritório e do jardim.

Quando escrevi meu primeiro romance, no qual ficcionalizo a morte da minha mãe e o luto dessa morte, algumas pessoas me perguntaram se eu não me sentia muito exposta. Eu não sabia responder direito, senão balançando os ombros. Quando escrevi meu último livro, sobre o estupro da minha amiga-irmã, me perguntaram se ela não se sentia muito exposta.

Aos poucos fui entendendo que nunca me identifiquei com essa pergunta, porque quando escrevo não se trata de expor os fatos de uma vida. Nunca tenho a sensação de estar me desvendando aos outros. Escrever é muito diferente de contar um segredo a uma amiga. Nunca, mesmo quando me expus, tive a sensação de estar me *expondo*. Nunca, quando escrevi o livro sobre o estupro da minha amiga, tive a sensação de a estar *expondo*. Não no sentido que a palavra *exposição* ganha na pergunta de quem a faz. Escrever não é fazer fofoca. Nem simplesmente contar o que aconteceu.

Eu poderia, isto sim, usar a palavra *exposição* no sentido de pôr para fora (do latim *ex*, para fora, e *ponere*, colocar). Poderia pensar *exposição* no sentido de colocar o "eu" para fora até um ponto em que, à maneira de Kafka, "eu" me torno "ela" e, então, já não me reconheço na pergunta *Para que se expor tanto?*, uma vez que o "eu" exposto já não sou eu.

É ela. A menina. A menina que nunca mais serei, que ainda sou, que é outra, outra em mim, outra fora de mim, pura escrita.

28

Não sendo uma exposição factual, a escrita tampouco é um julgamento.

Não escrevo este livro para apontar o dedo.

Não escrevo este livro para condenar ninguém.

Nem para absolver.

Por que, então, escrever esta história agora?

Talvez por imposição da cena da piscina, que me persegue. Que se *impõe* dentro de mim, que se repete. Então, eu a *imponho*, a nomeio, a descrevo, *expondo-a*, e ela se torna imagem fora de mim.

Imposição, do latim *in*, sobre, em, + *ponere*, colocar, pôr. Ato de impor ou de impor-se. Imposição do nome. Ato de pôr nome a alguém ou alguma coisa. [Tipografia] Ação de impor as páginas de composição tipográfica na forma de uma rama.

Procuro, mas não existe em português um antônimo direto da palavra *exposição* algo como *introposição.* Colocar para dentro, o que nos ensinaram a fazer desde pequenas. E agora, quando decidimos nos expor, há sempre alguém para nos perguntar, *Para que se expor tanto?*

29

Na casa de Itacoatiara, havia um forno a lenha onde meu padrasto fazia pizzas. Naquela época, eu achava que essa era uma habilidade especial — como preparar algodão-doce. Pizza era coisa de restaurante; em casa, a gente fazia uma imitação, com pão árabe, queijo prato e orégano, mas o meu padrasto, não. Ele sabia fazer pizza de verdade. Confeccionava a massa e depois nos deixava colocar os ingredientes. Podíamos escolher o que quiséssemos, e essa permissão era o resumo do que ele representava para mim. Com ele, eu podia fazer coisas que a minha mãe jamais deixaria se ele não estivesse por perto.

Quando a pizza ficava pronta, a gente comia no quintal. A minha mãe e ele se pareciam neste aspecto: gostavam muito de falar, de contar histórias, de ensinar — sobretudo as coisas boas que a humanidade fez, as civilizações antigas, a história do mundo, do Brasil. Ele tinha um lado de professor apaixonado pela profissão, um talento para explicar, uma vontade de transmitir o que tinha vivido, lido, visto.

Eu me lembro disto: ele não era um padrasto que nos levava para passear, não participava do nosso dia a dia, mas demonstrava afeto nos dando presentes e nos contando as coisas que conhecia. Nisso era bastante paternal.

30

05/01/1965

Querido diário,

Quando coisas desse cunho ocorrem comigo é que posso realmente medir o grau de minha insegurança e imaturidade. Hoje foi um dia triste, essencialmente vazio.

Ontem foi um dia ótimo. E se foi ótimo devo-o ao Roberto, bem sei. Porém, o que vi nele, o que ele despertou em mim foi a projeção autêntica do vazio do meu coração. Tudo isso é tolice. Analisando racionalmente, vejo que é. Acontece que nem sempre conseguimos ser racionais. Creio que não é necessário lembrar que, apesar de tudo, sou um ser humano, e muito complicado. Ele tem namorada e, além do mais, é muito bonitinho. Veja lá, quem sou eu?

Como é difícil a gente almejar a ser gente de verdade.

31

Antigamente, linha telefônica era um bem móvel. Era preciso comprá-la ou herdar de alguém. Entrava em imposto de renda e em espólio. Durante anos, tivemos uma única linha, a 225-3089, que depois mudou para 553-3089 e em seguida, com o crescimento urbano, se tornou 2553-3089. Quando minha mãe cansou das redações dos jornais e passou a trabalhar em casa, na mesma altura em que eu e a Dina nos tornamos adolescentes, ela decidiu investir numa linha nova. Permaneceu com a antiga, que não figurava na lista telefônica — como jornalista, evitava ser procurada por pessoas que não conhecia — e nos deu a nova, que, talvez por distração, passou a constar na lista.

Assim, eu e a minha irmã podíamos passar tardes inteiras em conversas com nossas amigas, sem atrapalhar o trabalho da minha mãe, que se desenrolava no segundo andar da cobertura de Laranjeiras, no escritório que havia sido construído no lugar da piscina originalmente projetada pelo arquiteto. De vez em quando, alguém encontrava o nome da minha mãe na lista telefônica e ligava para o nosso número à sua procura. Mas não era algo que acontecesse com frequência.

Numa tarde qualquer, em que eu provavelmente estava entediada em casa, tirei o telefone do gancho, e a voz rouca de uma mulher mais velha, a voz agressiva de uma mulher mais velha perguntou pela minha mãe. O telefone ficava em cima de uma mesa de madeira antiga, comprada num antiquário da Praça XV. Deixei-o cair no chão assim que me sentei no sofá — um sofá muito confortável, cujo estofo minha mãe mudava a cada quatro, cinco anos. Atrás de mim, pendurada na parede, havia uma reprodução do quadro *Gabrielle d'Estrées e uma de suas irmãs*, de um pintor anônimo do século XVI, no qual duas mulheres olham para o espectador de dentro de uma banheira, encobertas da cintura para baixo. Da cintura para cima, estão nuas. Uma delas, a mais morena, pinça o bico do seio da outra.

Atordoada, fui tentando acomodar meu corpo no sofá, mas o que eu sentia era meu corpo sendo enterrado ali pelo peso daquela voz que, diante da minha resposta, Não, ela não está, quer deixar algum recado?, pôs-se a xingar minha mãe com uma enxurrada de insultos e palavrões antes de desligar na minha cara.

Foi então que descobri que meu padrasto era casado, e não com a minha mãe, que achou melhor sentar e nos contar — em mais uma daquelas conversas esclarecedoras que a geração dos meus pais adorava ter — que o homem com quem convivíamos desde os meus cinco anos ainda era casado com a mãe dos filhos dele. Depois de anos perguntando, Por que você nunca dorme na casa dele, mãe? Por que a gente vai à casa de Itacoatiara, mas não pode conhecer a casa do Rio? Por que vocês não moram juntos?, finalmente as respostas chegavam, em uma só.

Outras perguntas surgiram: por que você aceita isso? Por que ele não se separa? Os filhos sabiam e não diziam nada? Mãe, mãe, mãe... Logo você, sempre tão livre, tão dona de si, há tantos anos com um homem casado? Mãe, mãe, mãe... Não me decepcione, por favor, não me faça ouvir tantas vezes a voz daquela mulher que ficou obcecada em telefonar para as suas filhas para te xingar. Na falta do seu número na lista telefônica, ela achou justo — e quem sou eu para julgá-la? — xingar a mãe para as filhas, porque alguém tinha que pagar pela sua dor e, se não era você, éramos nós. Quantos anos tínhamos? Doze? Treze? Catorze? Não me lembro. Sou péssima com datas, já disse.

32

07/02/1961

Não gosto mais de ninguém, estou muito contente!

33

Estou apaixonada por G., o avesso deste livro, a sua parte oculta. É o encontro com ele que me leva a escrever este livro, a me questionar, Quantas vezes temos que repetir a mesma história para sair dela?

34

O sangue entre as pernas poderia ser outro dos meus segredos, mas não sei o que fazer e, apesar de não ter vontade alguma, preciso contar à minha mãe.

Assim que chegamos em casa, eles sobem e me deixam no andar de baixo. De novo, fico só. Sento na escrivaninha forrada com fórmica branca, pego meu diário da Hello Kitty e escrevo: "Hoje eu estava lá em Itacoatiara (domingo) e aconteceu uma coisa que eu não queria, eu menstruei. Poxa, por que não podia esperar eu fazer onze anos? Eu sempre quis menstruar só com doze ou treze anos. Eu estou doida para contar para a mamãe o que aconteceu, mas o meu padrasto tá aqui e ela não me dá atenção. Agora que já aconteceu, eu estou doida para ver a mudança que vai acontecer na minha vida. Adeus ao meu tempo de criança".

Minto para o meu próprio diário, assim como alguns anos antes mentia para a psicóloga que a minha mãe me obrigara a frequentar. Aos dez anos, eu achava que a minha intimidade era *mesmo só minha*, nem o meu diário poderia saber toda a verdade. Nunca confiei nesse interlocutor universal das meninas, o "Querido Diário", e talvez por isso eu tenha desistido tantas vezes de seguir adiante. Eu sabia o tempo todo que estava mentindo — e o que eu queria da escrita não era a mentira.

A verdade é que eu não estava doida para contar para a mamãe. Eu *precisava* contar. Eu não estava doida para ver a mudança que ia se realizar na minha vida. Eu estava *muito assustada* com o que estava acontecendo e com tudo o que iria acontecer.

Então escrevo num pedaço de papel "Fiquei menstruada" e o deslizo por baixo da porta do quarto da minha mãe, à espera que o leia, e quando ela desce as escadas toda sorridente pela primeira vez começo a chorar, um choro copioso, que parece nunca terminar.

Tudo o que não cabe em palavra nenhuma, nem num amontoado de palavras, o que não cabe em significados, em explicações, se transforma em lágrimas e soluços. Quero bater na alegria da minha mãe, espancar a alegria da minha mãe e, com medo de que aquela alegria a leve a espalhar a novidade, imploro que não revele a ninguém, sobretudo à minha tia, a quem ela contava tudo, ou quase tudo.

Repouso a cabeça em seu colo, enquanto ela me faz cafuné e diz que também ficou menstruada aos dez anos — sim, nós somos muito parecidas, *quase iguais*, mas há diferenças, que ela faz questão de elencar: estou um ano adiantada na escola, aprendi a ler com quatro, pulei o jardim de infância 2, o que significa que, embora eu tenha dez anos, as minhas amigas têm onze ou mesmo doze. Além disso, as férias acabaram de começar, vão se alongar até março, haverá tempo suficiente para eu me acostumar à novidade, até mesmo para eu fazer onze anos, as minhas amigas doze ou treze, não será uma anomalia, muito pelo contrário, e assim o choro vai amainando e, de tanta exaustão, adormeço.

Quando acordo, ela está ao telefone, contando para a irmã que fiquei menstruada, que chorei muito, mas que agora estou dormindo. Não quero acreditar que a minha mãe, a minha cúmplice, está me traindo tão rápido, na minha cara, contando justamente para quem pedi para não contar.

Fico possessa.

Por que você fez isso?, eu lhe pergunto. Ela me abraça, me pede desculpas, diz que tenho toda razão, mas que não aguentou, está tão feliz, teve que dividir aquela felicidade.

Com o decorrer dos anos, a cena sempre retornando, a intensidade das sensações se desembrulhando muito lentamente, se tornando palavras com o ritmo moroso de uma floresta que nasce numa terra queimada, vou descobrindo que a minha mãe me traiu outras vezes naquele dia.

Mas nenhuma dessas traições fez com que eu gostasse menos dela. Ou sentisse raiva além daquela ira imediata de quando a ouvi ao telefone com a Gilda.

A morte da minha mãe faria com que eu nunca conversasse sobre esse episódio com ela. Haveria para sempre esse buraco, essa impossibilidade. Qualquer tentativa de contar a verdade seria um fracasso.

Mas por ora não sei de nada disso. Ela ainda não está doente e eu sou uma criança. Continuo deitada em seu colo, quando ouço o som dos passos do meu padrasto na escada. Agarro sua cintura e, sussurrando, lhe peço, Por favor... Ela assente com a cabeça, é claro que depois do ocorrido não comentaria nada com ele, que chega à sala ansioso, já são nove e meia da noite, vai começar o primeiro debate do segundo turno das eleições presidenciais entre Fernando Collor de Mello e Luiz Inácio Lula da Silva na TV Manchete.

Muita coisa está em jogo nesse debate. São as primeiras eleições diretas depois de uma longa ditadura. Ter o Lula na Presidência seria conseguir pelo voto aquilo pelo qual a geração dos meus pais tinha lutado na clandestinidade. Passei os últimos meses cantando "Lula lá!", vestindo camisetas e broches do PT, indo a passeatas, comícios e showmícios, transformando Collor no vilão das brincadeiras infantis. Até para a menina que sou esse debate é um acontecimento, por isso subo com eles à sala do segundo andar, onde fica a televisão. Ainda vejo a Marília Gabriela anunciar as regras do jogo, mas logo adormeço e só acordo no dia seguinte com o galo do morro ao lado, que canta todas as manhãs.

35

07/01/1965

De anteontem para cá, muita coisa mudou em relação ao nosso antigo assunto. Meu coração obedeceu adequada ou suficientemente minha mente.

[...] *Ontem tive um dia movimentado e até a chegada ao hotel emocionante. Assisti toda a entrada no Tejo com o Roberto e, sinceramente, achei uma coisa linda! Senti tanto êxtase que não sei definir! Como também não sei a sensação que tive ao chegar a Lisboa e ao desembarcar. Foi... indescritível.*

11/01/1965

Chorei verdadeiramente hoje pela primeira vez. Porque me senti mais sozinha do que nunca, e muito presa, presa por grades invisíveis. Desejei ardentemente estar ao lado da Gilda, de conversar com ela, de estar aqui na Europa com ela e mais ninguém. Chorei. Senti saudades.

36

Perguntei para a Dina se ela se lembrava de alguma cena alegre e marcante do nosso padrasto quando éramos crianças. Ela disse que adorava quando ele ia lá em casa, porque ele permitia tudo e nos dava um monte de presentes. Ele sempre te dava roupas da Company e me dava lápis de cor, coisas para desenhar. Foi ele que me deu aquela caixa de pastel cara, ela lembrou. Mas e alguma cena?, insisti. Eu tenho a cena da piscina e queria a lembrança de um dia leve e bom. Mas ela só conseguiu falar de forma mais abrangente. Comigo acontece o mesmo: lembro dele sentado na mesa lá de casa, a nossa mãe mandando a gente ir dormir, e ele, com sua voz doce, que conquistava a simpatia de todo mundo, insistindo para a gente ficar. Sempre que ele ia lá em casa, reinava a ausência de regras. Podíamos comer o que quiséssemos, fazer o que quiséssemos, dormir a hora que quiséssemos.

Lembro também dele no terraço. Tenho muitas recordações dele sentado, enquanto a vida corria à sua volta, mas são imagens soltas. Eu e Dina brincando na piscina de plástico, tomando banho de mangueira, minha mãe e ele conversando à mesa, onde, poucos anos antes, ela e meu pai decidiram se separar. Não sei se me recordo, ou se são as fotografias que me fazem lembrar, de um dia agradável na piscina do prédio. Eu tinha oito anos; a minha irmã, seis. Eu usava um maiô roxo; a minha irmã, a parte de baixo de um biquíni. Na sequência de fotografias, ele está numa cadeira, a grande barriga projetada em primeiro plano, enquanto eu, a Dina e a minha mãe nos espalhamos ao seu redor. Estamos sorridentes, e tanto os sorrisos quanto a água que escorre de nossos cabelos e de nossos corpos me dão a sensação de me lembrar da alegria desse dia. Mas não dos detalhes. Seria impossível dizer quanto tempo ficamos lá, o que nos dissemos, do que brincamos.

Será que as cenas que restam, as imagens do nosso passado que insistem em voltar são sempre de dias estranhos, doloridos? Eu queria uma, me bastava uma cena feliz da nossa infância ao lado dele. Sei que houve muitas, mas nem eu nem minha irmã conseguimos lembrar.

37

Mãe, no desenho, você me viu ou você se viu?

38

À tarde, enquanto eu arrumava a bagunça da festa de ontem, pus Elza Soares no volume máximo, deixei a vassoura de lado e dancei meia hora seguida. Nessa meia hora eu: me lembrei de quando descobri Elza Soares, num show para pouquíssimas pessoas, no extinto Mistura Fina, na Lagoa — ela cantava e contava histórias, eu me apaixonei, estávamos só eu e a minha mãe, eu devia ter uns quinze anos, talvez dezesseis; me lembrei da primeira vez em que fui a um show do Caetano Veloso, *Circuladô*, também com a minha mãe, também na minha adolescência — foi ela quem me apresentou à MPB numa época em que eu me sentia obrigada a gostar de Guns N' Roses, Faith no More e Skid Row, sem nunca realmente ter gostado; lembrei que na adolescência uma das coisas que eu mais fazia era colocar música bem alto com a porta do quarto fechada e dançar sozinha; pensei que talvez fosse uma boa ideia incluir umas entradas de diário no livro sobre os diários da minha mãe e que essas entradas falassem do presente da minha separação, mas de forma sutil, delicada, sem expor minha intimidade, muito menos a dele ou a das crianças, e que essas entradas evitassem cair no clichê da liberdade que se pode sentir dançando sozinha na sala numa tarde qualquer.

No fim dessa meia hora, me joguei no sofá e olhei à volta, copos e pratos sujos, migalhas no chão, brinquedos espalhados pela casa, tantos detalhes, a solidão crescendo entre mim e os detalhes, me afundando na almofada, então me lembrei que depois de dançar sozinha no quarto fechado eu ficava triste.

Por isto toquem a música bem alto
Façam meu corpo dançar
Por isto toquem a música alto bem alto
Façam o tempo parar

Parar passar passar parar
Passar parar parar passar

39

À hora do jantar, quando a minha mãe não estava viajando nem trabalhando até tarde na redação, era o momento em que nos dizíamos as coisas. No geral, banalidades do cotidiano, da escola, dos amigos. Às vezes, assuntos sérios, que me faziam entrar na vida adulta.

Foi numa dessas noites que ela nos contou que o nosso padrasto, além dos filhos que a gente conhecia, tinha outro, mais novo, fora do casamento, não assumido. Ela havia acabado de voltar de um festival de cinema — acho que o de Brasília, não tenho certeza —, onde tinha presenciado a mãe do menino, que o trazia pelas mãos, apontar para ele e dizer, É o teu filho. Eles são iguais, a cara um do outro, nos disse a nossa mãe durante o jantar.

Lembro do choque que isso foi para mim. Mal ou bem, ainda que ele fosse casado, a gente convivia com ele e conhecia sua família. Que existisse um filho não assumido era algo que me perturbava muito — sobretudo porque éramos criadas para falar a verdade, sempre a verdade; para sermos livres e escolhermos com quem ficar ou não; para sermos justas e corretas com os outros. E de repente aquele homem que a minha mãe havia escolhido tinha um filho com quem não convivia, e que ele não assumia.

Essa informação me assombrou por longo tempo.

Era mais uma pergunta que se somava à pergunta que eu fazia sempre à minha mãe, Por que continuar com quem não te assume inteiramente? Agora era, Por que ficar com um homem que não é capaz de assumir um filho? Mas a resposta era a mesma: ele era casado e não ia se separar.

E assim fui aprendendo que os valores que me eram passados em casa muitas vezes entravam em conflito com a realidade.

40

20/02/1961

Hoje de manhã eu fui à praia. O mar estava ótimo, mas sucedeu um fato que aqui de casa ninguém pode saber a não ser você.

41

A data, não lembro. Nem o mês. Sei que foi no segundo semestre de 1996, porque eu estava lendo a *Ilíada* e a *Odisseia* para a disciplina grego 2 da faculdade de letras da UFRJ. Eram esses os livros que estavam em cima da mesa de centro na sala de estar, no andar de baixo da cobertura de Laranjeiras, quando a campainha tocou. Achei estranho, não estava à espera de ninguém e eu era a única em casa.

Assim que abri a porta, meu padrasto se jogou, bêbado, nos meus braços. Não era algo que costumasse acontecer, ele chegar lá em casa bêbado. Muito menos se jogando nos meus braços.

Mas ele se jogou e não me largou. Grudou em mim, o bafo de álcool, o corpo e a voz gosmentos de álcool, no meio da tarde, num dia de semana, eu lendo Homero para grego 2, e aquele corpo quarenta e oito anos mais velho colado no meu. Eu tentava me desvencilhar com delicadeza, porque aos dezessete anos eu ainda era delicada, e sentia muito medo de parecer bruta, mas não conseguia afastá-lo, pois ele me apertava com força, então tive que ouvir sua voz no meu ouvido dizendo que tinha saudades minhas. Depois de um silêncio, da sensação de que eu não dominava meu corpo, apesar da sua presença latejante, corpo presente, consegui dizer, Preciso estudar, ao que ele retrucou, Te adoro, um *te adoro* solto, deslocado, que fazia a frase *te adoro* não ter sentido nenhum, e eu continuei, Tenho prova amanhã, e ele repetiu, como se eu não tivesse ouvido e precisasse ouvir, Te adoro, então finalmente consegui ir me afastando, empurrei sua barriga grande, redonda, dura para longe de mim, fui deixando para trás aquele homem careca, quarenta e oito anos mais velho do que eu, bêbado, decadente, fraco, a voz mole, o ouvido que não ouvia, a gente tinha que gritar, ele se recusava a usar aparelho auditivo porque não queria parecer velho, aquele homem velho foi ficando para trás, enquanto eu caminhava lentamente, trêmula, em direção ao sofá e, sentada, puxei a mesa de centro contra o joelho até me sentir escudada, e comecei a perceber que o que aquele homem velho, gordo, surdo, fraco, decadente estava me fazendo era de uma violência vigorosa, gritante, e comecei a desejar que nada tivesse acontecido e nada mais acontecesse. Seria absurdo que aqueles poucos minutos colocassem tudo em causa: nós convivíamos desde 1984, o ano da separação dos meus pais, da alfabetização, do tombo do beliche, do tombo na escola, do queixo costurado, da melancolia. Embora não vivesse lá em casa e fosse casado com outra mulher, ele era o meu padrasto, era assim que eu e Dina nos referíamos a ele, da mesma forma que ele se referia a nós como suas enteadas. Na minha memória, ele seria sempre o homem por quem minha mãe tinha sido apaixonada, o único por quem eu a vi apaixonada, já que dela com meu pai só me lembro da separação. Seria absurdo que aqueles poucos minutos também erguessem um muro na relação de mãe e filha, estabelecessem um triângulo onde não havia nenhum. Eu não fazia parte daquela linha para a qual estava sendo arrastada. Eu só queria, como quis outras vezes na vida, que o tempo voltasse, que aquele homem saísse pela porta e não tivesse chegado nem se jogado nos meus braços, fazendo com que aqueles minutos se repetissem ao longo da minha vida nas formas mais variadas, como imagem, segredo, pesadelo, silêncio, repetição, fantasma, culpa.

Tremendo, tentei fingir que ele não estava ali e peguei um dos livros de Homero. Ele começou a discorrer sobre os gregos, ao mesmo tempo que repousou a mão na minha coxa. O peso daquela mão, a espessura daquela mão sobre a minha perna descoberta — eu vestia um short e uma camiseta —, sinto até hoje, mesmo agora. Diante da minha paralisia, meu corpo forte e vigoroso se tornando fraco e trêmulo, ele deslizou a mão pela minha coxa uma, duas, três vezes. E com a mão na minha coxa me perguntou se eu poderia ler um pouco da *Odisseia* em voz alta. Talvez ele tenha imaginado que a cena ficasse mais bonita assim, com a menina de dezessete anos lendo Homero para o cineasta renomado de sessenta e cinco anos. Tanto que, diante do meu silêncio, ele insistiu.

Então eu me levantei e disse, Acho que você deveria esperar a minha mãe lá em cima, ela já vai chegar. Disse-o com uma voz cheia de medo, mas também firme, e ele saiu do sofá, subiu as escadas e desapareceu da minha visão.

Nos anos seguintes, nos quais meu corpo pulsava vida, força, tesão e o corpo da minha mãe adoecia e envelhecia, ele se jogou em cima de mim algumas vezes, me sussurrando palavras que eu não queria ouvir, que me feriam e que eu desprezava, exatamente como nesse primeiro dia. Algumas delas, em situações em que eu estava muito frágil: a minha mãe internada, a minha mãe cega por causa da doença, a poucos dias da morte.

42

Hoje contei para o G. que decidi incluir a nossa história no livro. Ele não gostou. Os homens nunca gostam que a gente escreva sobre eles. Ele não quer que eu fale da nossa história para ninguém. Ele gosta que a nossa história seja um segredo só nosso. É discreto. Não gosta da ideia de ter a vida exposta num livro. Eu o tranquilizei, Ninguém vai saber quem você é. Você vai ser apenas a sombra do livro, o não dito.

43

Alguns dias depois da tarde em que meu padrasto se lançou nos meus braços, minha mãe chegou em casa depois de um jantar com ele, tirou da bolsa um embrulho e me estendeu a mão. Abri o presente que ele tinha me enviado, enquanto ela comentava que ele era muito afetuoso, pensava sempre na gente, comprava presentes... Eles já não namoravam como antes, porque na configuração amorosa havia entrado outra mulher, mais jovem do que a minha mãe, que, por sua vez, era vinte anos mais nova do que ele. Agora, eram três, com idades decrescentes: a esposa, a minha mãe e a nova amante.

No papel de embrulho, havia um livro, capa dura, vermelha, uma representação da luta entre Teseu e o Minotauro, no qual pude ler: *Dicionário de mitologia grega e romana*, Pierre Grimal. Não fiz cara de quem tivesse gostado, não sorri, não agradeci. Muito pelo contrário, senti o peito apertando, o corpo curvando, a vontade contida de arremessar o livro contra a parede, de tapar a boca da minha mãe, que dizia, Que maravilha, parece que ele adivinhou que você está estudando grego, e gritar por cima, Ele é um babaca, mãe, um ba-ba-ca. Como eu odiei aquele livro, que me paralisou e ao mesmo tempo transformava meu padrasto num cara ainda mais legal.

Há coisas que, se a gente não grita na hora, num ataque de raiva, virando o mundo pelo avesso, elas se encrustam na gente, se agarram aos nossos órgãos, com unhas afiadas, e vão ganhando solidez e imobilidade com o passar do tempo — fazendo com que se torne cada vez mais difícil a sua transformação em palavras.

44

18/03/1961

[...] *Já não suporto mais, mamãe nunca conversou comigo direito, como eu gostaria de apresentar meus amigos a ela, como todas as meninas o fazem. Isso é horrível, ter que mentir tanto, tudo está errado. Seria tão bom se mamãe fosse mais carinhosa, ela e papai são tão antigos, que chega a ser demais. Hoje, porque eu estava triste e calada, ela virou-se para mim, após uma bronca, e disse que cortaria com todas essas minhas amizades, que não me queria no meio dos meninos etc.*

Para esquecer um pouco as minhas tristezas, começarei a estudar muito.

Eu já não sei mais o que fazer, às vezes tenho ímpeto de chorar, chorar sem parar. Ninguém me compreende, Diário querido, a não ser a Gilda e você, os meus melhores companheiros. Gosto muito de todos aqui em casa, mas mamãe e papai estão longe de me conhecerem, cada vez eles ficam mais distantes de mim, cada vez o meu coração se fecha mais para eles, e eu sei que a culpada de tudo isto não sou eu, não sou eu!

45

O meu padrasto tinha um nome para nós, era o nosso padrasto, mas era o quê da minha mãe? Namorado? Amante? Marido em casas separadas? Amigos coloridos? Tantos anos numa relação sem um nome certo, mãe?

46

Sempre começo escrevendo meus livros em terceira pessoa — uma manifestação do meu antigo desejo de escrever um romance mais convencional, repleto de personagens, de histórias que se desdobram em outras, que não questione tanto o que é um romance, não faça muitas experimentações com a linguagem, apenas narre uma boa história. Mas, invariavelmente, em algum momento da escrita há uma primeira pessoa que se impõe e só então sinto que estou dizendo o que quero.

No livro *As margens e o ditado*, que reúne três conferências escritas para as Eco Lectures, uma tradição de aulas magistrais na Universidade de Bolonha, Elena Ferrante conta seu percurso até chegar aos romances que conhecemos. Durante muitos anos, ela só escreveu em terceira pessoa. Até o dia em que decidiu mandar um romance para uma editora e escreveu uma longa carta explicando a sua gênese. Terminou por não o enviar, mas a carta despertou nela a possibilidade da primeira pessoa. E, de aspirante a um realismo absoluto, ela se deu conta de que só poderia narrar o "lá fora" se também narrasse a si mesma, que também está "lá fora".

Foi assim que Ferrante começou a escrever os livros que veio a publicar, passando para uma primeira pessoa feminina que é pura escrita. Se o conselho do amo de Jacques, o fatalista — do livro de Diderot que ela cita nessa conferência —, de tentar dizer a coisa como ela é pode se tornar paralisante, talvez a solução seja dizê-la como se pode e, quem sabe, com sorte, se consiga dizê-la como ela é.

Ao ler suas conferências, fiquei me perguntando se essa não seria a trajetória de muitas mulheres. Começar pela terceira pessoa e, depois, passar para a primeira. Uma primeira pessoa que, mesmo quando tem a voz da autora, não se confunde com ela, pois é já outra coisa, literatura.

Ou será que se confunde?

47

No dia 12 de maio de 1994, escrevi no meu diário da Hello Kitty: "Peguei maconha da minha mãe, para fumar qualquer dia desses, sozinha, para estimular a criatividade e tentar escrever alguma coisa diferente, que não seja a minha vida".

Meu diário acaba aí, com essa frase.

Contra todos os seus princípios, a minha mãe leu, não sei se todo, mas pelo menos as últimas páginas do meu diário. O clichê da vida boêmia dos artistas havia chegado à sua casa: usar drogas para sair de si e criar. Já que eu não conseguia sair de mim sozinha — e era preciso sair de mim para escrever literatura —, por que não fumar um baseado?

Eu tinha quinze anos, e tanto a minha mãe quanto o meu pai sabiam que eu fumava maconha de vez em quando, assim como eu sabia que eles fumavam de vez em quando. Casa de pessoas esclarecidas e conversadas. Desde que não fosse muito, desde que eu não largasse os estudos, desde que eu não me tornasse uma dessas adolescentes que fumam a tarde toda, desde que eu não fumasse cigarro, desde que eu não cheirasse, desde que eu não tomasse ácido nem drogas mais pesadas, estava tudo bem.

Mas a verdade é que a minha observação final no diário acabou por criar um tumulto lá em casa. Não sei se a minha mãe ficou perturbada com o roubo, com a ideia de que eu fumava sozinha, e não apenas socialmente, com a ideia de fumar para escrever, ou com a ideia de que eu, sua filha tão inteligente, afinal precisava de maconha para ter criatividade.

Ela quis conversar comigo. Eu não queria ouvir, claro. O fato de ela ter me dado os seus diários não significava que eu lhe tivesse dado acesso ao meu. Em silêncio, busquei o caderno de quando ela era mais nova e abri na primeira página:

Espero que ninguém, ou melhor, nenhuma pessoa honrada e que tenha um pouquinho de caráter, desrespeite este diário, sendo assim, confio no caráter de você, que por engano talvez tenha pego este diário, e acredito que não lerá, pois ele é algo demasiadamente particular. Este diário representa o livro da minha vida. H.S.

A gente chegou a um consenso, nada foi proibido, tudo voltou ao normal, Se você quiser maconha, pede, não rouba, mas restou em mim um incômodo dessa repreensão, afinal eu já tinha fumado com amigos lá em casa, eu frequentava o Circo Voador, nós já tínhamos conversado sobre isso antes, qual era o cerne da questão? Eu podia fumar em grupo, mas não sozinha? Podia fumar para assistir ao show do Tim Maia, mas não para escrever? Ela não queria que eu associasse a criação à maconha ou não queria que eu escrevesse? Ou não queria que eu escrevesse sobre alguma coisa diferente, que não fosse a minha vida?

O quê, mãe, te incomodou tanto nessa frase que encerra o meu diário?

E o que terá me levado a interrompê-lo: a invasão de privacidade da minha mãe? Ou foi nessa altura que, sem fumar maconha, comecei a escrever contos em cadernos sem datas, todos em terceira pessoa e sobre mulheres que não eram eu?

48

No dia 12 de maio de 1994, também escrevi, pouco antes da frase que encerra o diário:

"Estou relendo um livro do Rilke (*Cartas a um jovem poeta*), que diz ser necessária a solidão. Mas até que ponto? Há um momento em que ele diz: 'Pergunte a si mesmo se você viveria se lhe proibissem de escrever' (algo parecido). Eu viveria, e isso me deixa preocupada, já que o que eu quero é escrever."

Outra hipótese para a interrupção do diário poderia se fundar na minha resposta à pergunta de Rilke. Uma pergunta que sempre considerei esmagadora e autoritária. Claro que viver aqui não é antônimo de morrer. Nem aos quinze anos entendi que a proibição da escrita significaria a morte no seu sentido literal. Mas para mim a escrita era apenas uma escolha. Eu poderia ter escolhido me tornar física ou matemática, e cheguei a pensar nisso. Poderia ter escolhido me tornar historiadora, também pensei nisso. Médica, também pensei. Escolhi a escrita não para atender a um chamado nem porque eu morreria se não escrevesse.

A sentença de Rilke me assustava, mesmo que eu conseguisse enxergar o exagero que havia nela. Que jovem é esse que morreria se lhe fosse proibido escrever?

O que para mim deveria ser o gesto mais livre de todos surgia com pesos e limites: a escrita ou a morte; escrever de si nos diários, mas jamais de si na literatura.

49

Eu tive, durante longos anos, a convicção de que era o camafeu que havia em mim que atraía homens mais velhos, e ainda lhes dava a sensação, ou mesmo a garantia, de que tinham o direito de me violentar.

50

12 de janeiro de 1994

Preciso me esclarecer melhor. Pensei em fazer análise, mas não consigo, sou tão fechada. Me pareço tanto com a minha mãe na minha idade, espero que quando eu cresça eu me torne uma pessoa tão brilhante quanto ela. Amo-a mais do que a qualquer um.

51

A minha mãe, que no seu diário de treze anos revelava a feminista que viria a ser, a única das três irmãs que saiu de casa para viver sozinha, a única correspondente mulher no Cairo, no meio de um monte de jornalistas homens do mundo inteiro, dona de seu próprio corpo, sobrevivente de um estupro, essa mulher tão livre, mas também tão interessada nos outros, tão atenta a mim, que nunca deixava escapar meus medos, minhas tristezas, ela olhou para o desenho e não viu o que eu vi, não se espantou. Ela até disse que era um desenho bonito, uma menina sem rosto, *eu*, com os peitinhos despontando. Ela não viu o que estava lá, o que me assustou e o que anos depois me faria voltar a esse episódio como a pré-história do mal.

Mas eu nunca questionei minha mãe, nunca achei que ela tivesse errado, talvez porque culpá-la seria colocá-la como cúmplice de uma história em que para mim havia — e ainda há — um carrasco claro, uma vítima clara e uma vítima oculta. Só agora, trinta e três anos depois, quando finalmente decido escrever esse episódio que tantas vezes revi na memória, eu me pergunto, Como você não viu, mãe? Como você, que sempre disse tudo, diante daquele desenho de uma menina sem rosto, *eu*, com os peitinhos despontando, não disse nada?

52

Era para eu ter nascido no mesmo dia em que a Virginia Woolf nasceu, mas induziram o parto e terminaram por me arrancar do útero algumas horas antes.

G. me chama de Virginia porque, diz ele, faço muitas perguntas, quero saber os detalhes de tudo, os mais ínfimos, tal como ela, que perguntava a cada visita que chegava à sua casa quem havia sentado ao lado dela no trem, como estava vestido, o que a visita tinha visto pelo caminho.

Cabe muita coisa num detalhe, então eu pergunto. Pergunto muito, demasiado, acredita G. Mas depois esqueço. Sobram apenas alguns pormenores. São esses que, eventualmente, uso naquilo que escrevo, romances sempre curtos, capítulos minúsculos, cenas entrecortadas, feitas com os detalhes remanescentes.

Se me perguntarem se tenho um método de escrita, agora vou saber o que responder: a escrita se faz naquilo que se perde. Ou: no que resta da perda. No excesso.

53

Minha mãe adorava escrever cartas. Sei que nos anos de exílio enviou muitas aos amigos que estavam no Brasil. Depois, passou a enviar a pessoas que ia conhecendo pelo mundo nas viagens que fazia. Tenho esta lembrança bastante viva: minha mãe em frente à máquina de escrever, depois em frente à máquina de escrever automática, depois em frente ao computador, digitando numa velocidade que me impressionava. Ela nunca escrevia à mão porque ninguém compreendia sua letra.

Das cartas que me enviou, ou me deu em mãos, há duas que me acompanham para onde quer que eu vá. Quando sinto vontade de conversar com ela, releio-as. As mesmas palavras servem de resposta e alento para momentos distintos, como se fossem um enigma que a cada vez interpreto de uma forma. Ou como se deixassem de ter um significado específico e se tornassem presença, a voz da minha mãe, o colo da minha mãe, o toque da minha mãe, seu cheiro.

54

Rio, 24 de janeiro de 1995.

Tati querida:

Passei o dia de hoje pensando em você, com você no coração, na cabeça, o tempo todo. Como sempre acontece a cada 24 de janeiro, desde aquele maravilhoso dia de 1979, lembro e relembro do teu rostinho diante de mim pela primeira vez, da alegria que senti ao te ver no mundo, do deslumbramento, uma emoção absolutamente única.

E lembro e relembro do dia em que confirmei tua existência dentro de mim, aquele presente da vida, de como pulei sozinha, de como explodi de felicidade, meu amor, na tarde ensolarada de abril, em Lisboa. A primavera começava e com ela também um novo tempo na minha vida se iniciava.

Ou ainda como, à medida que a barriga ía crescendo, orgulhosamente eu a exibia ao sol com o verão que chegava em Portugal. Parecia um troféu, o maior troféu de todos, a minha filhinha dentro de mim. Eu não precisava de mais nada. Foram meses de imensa, profunda alegria, tanta, que fiquei mais bonita - as pessoas diziam, os homens me cantavam com barriga e tudo -, eu tinha um sorriso permanente, uma luz permanente nos olhos, em cada gesto e palavra. Acho, Tatinha, que até velhinha vou me lembrar a cada dia 24 desses momentos, que estão entre os mais felizes dos mais felizes de minha vida.

Pensando e repensando hoje em você, comemorando teu aniversário por minha conta e silenciosamente, prossegui nas minhas lembranças. Do teu jeitinho meigo desde sempre, tímida, viva, curiosa, inteligente, querida. Da menininha que dormia muito, e só acordava de noite de ciúme da irmã. O ciúme, sim, te perturbava o sono. Do mais, aquela paz, desde bebezinho, que me fazia até conferir se você estava respirando mesmo, já que não acordava nem pra comer. Depois, as primeiras descobertas, em casa, na escola, a cada dia, um botão virando flor, linda. O coração sempre atento - que te permitiu, até, descobrir que eu e teu pai íamos nos separar antes mesmo que te disséssemos qualquer coisa. Descobriu e veio o chorinho da dor, na solidão da menininha que era colocada involutariamente face a um tempo novo de sua vida. Um tempo que você enfrentou, que todos nós enfrentamos, superando, crescendo.

Tantas, tantas coisas, minha querida, até chegar nessa garota bonita que você virou, bonita por fora e por dentro - inteligente, muito especial, nesse camafeu (talvez não por acaso) de antigamente e de hoje. Nessa garota híper sensível, tão sensível que às vezes precisa ficar se protegendo muito, muito, parecendo cerebral, racional demais, cheia de palavras e argumentos e/ou silêncios. Mas eu sei que atrás das palavras, da eloqüência, ou do recato, estão um coração, uma sensibilidade a mil, que não sabe ou consegue se dar conta, que talvez por te assustar tanto precisa ser protegida. Nessa garota generosa, rica, cheia de luz, que eu admiro tanto, que me dá tanto orgulho, tanto prazer que seja minha filha. Um troféu, um presente da vida, há 16 anos e sempre.

Tati, Tatinha, eu te desejo toda a felicidade que você merece da vida, meu amor. Que você busque essa felicidade, pra valer, e a vida te retorne o tanto – muito, muito – que você merece. Eu estarei ao teu lado, minha filha, hoje e sempre, te apoiando no que for possível, te jogando pra frente e pra cima, com todo o amor de que sou capaz.

Beijo, parabéns, e viva o dia 24 de janeiro!

Mamãe

55

Quantas vezes li e reli essa carta? Quantas vezes imaginei minha mãe grávida, reluzente, caminhando por Lisboa e pelas praias da costa? Guardo as fotografias dessa época. Na estante, tenho emoldurada uma em que ela está com uma barriga de cinco ou seis meses numa praia de nudismo no sul da França: estão todos nus, menos a minha mãe, que veste um biquíni completo, o que ela justificou pela presença de seu pai e de seu irmão mais velho.

Quantas vezes a senti ao meu lado, me apoiando? Quantas vezes pensei na sua capacidade de me conhecer, mesmo eu escondendo tudo? E quando digo *tudo* falo da solidão à qual ela se refere, das coisas que eu sentia e guardava só para mim — e que ela entendia tão bem; que ela adivinhava, porque também havia sido assim.

Quantas vezes me perguntei onde eu estaria naquele aniversário de dezesseis anos, para ela estar comemorando o meu aniversário por sua conta e silenciosamente? Acampando com amigos? No Ceará, com meu pai e a minha irmã? Sei que foi nesse verão que fizemos essa viagem, mas não lembro a data exata.

Quantas vezes não revisitei os meus dezesseis anos, o último na escola, estudando para o vestibular, decidindo se faria física, história ou letras? Em 1995, eu era apaixonada pelo meu professor de literatura, que tinha o dobro da minha idade, trinta e dois anos, uma mulher e um filho. Todos os dias, eu ia para a escola ansiando o momento no qual cruzaríamos um com o outro no corredor. Todos os dias, eu esperava a quinta-feira, dia da sua aula, Mário de Andrade, Oswald de Andrade, o modernismo era a paixão dele. Não se entendia muito com Clarice e me propôs que eu escolhesse o livro que a turma leria e desse uma aula sobre ela. *A hora da estrela*, e muito nervosismo para falar na frente dos meus amigos, o mesmo nervosismo que senti durante anos para apresentar meus livros — até que certo dia eu já não era aquela menina tímida, fechada.

Para que se expor tanto?, perguntaria G.

Como aquela menina que guardava tudo para si se tornou uma mulher que se expõe tanto? Será que eu deveria voltar a ser aquela menina? Será que conseguiria? Às vezes, tenho saudades dela. Quando escrevo, é ela que tento ser: a menina que não se expõe me expondo.

Aos dezesseis anos, também fui apaixonada por outro homem, doze anos mais velho do que eu, casado, que fazia aula de dança contemporânea comigo. Um dia, ficamos só nós e o professor na sala e, ao fazer um exercício de cabeça para baixo, meus peitos ficaram de fora, a camiseta tapando meu rosto. Um dia, ficamos nus no quarto de uma república em Ouro Preto. Um dia, minha mãe estava no festival de cinema de Toronto, perdi a virgindade com ele na cama dela. No dia seguinte, chorei muito — e escrevi um fax para ela contando tudo.

Alguns meses depois, em fevereiro de 1996, eu chegaria em casa e ouviria um recado da minha irmã mais velha na secretária eletrônica, Alô, alô, S.O.S. irmãs, tô com muitas saudades, me liguem, por favor. Não liguei. Passei a tarde esperando o telefonema do homem doze anos mais velho do que eu, tínhamos combinado de nos encontrar, fiquei com receio de ligar para a minha irmã, ele ligar bem na hora e, diante do número ocupado, desistir. Então não liguei (ele tampouco). Na manhã seguinte, ainda muito cedo, acordei com a voz da Dina em desespero, Didi bateu com o carro, levanta. Depois, eu, ela e a minha mãe encontrando o meu pai no Miguel Couto, a falta de notícias durante horas, depois a notícia, a mais terrível, a mais triste, o meu pai aos prantos, A casa vai ficar tão vazia, e o seu corpo deformado que não me deixaram ver, o corpo que imagino há vinte e sete anos. Dessa data não me esqueço: 1º de fevereiro de 1996.

Muitos anos depois, vinte e quatro, para ser precisa, o homem doze anos mais velho do que eu me escreveu uma mensagem: "[...] Ano passado, li o teu último livro. Mexeu demais comigo. Lendo, te via o tempo todo há tantos e tantos anos... E me vi também, num tempo tão inconsciente quanto distante. A vida me fez não falar, não escrever na época... Mas agora senti uma imensa vontade de falar para você o quanto te admiro! Queria poder escrever mais sobre o que senti e o que pensei ao lê-lo, mas teria que ler novamente, as ideias que tive na época se esvaneceram, só sobrou um sentimento de profundo carinho por uma história compartilhada juntos, mesmo que numa época tão imatura... uma vontade de acolhimento. Me vi no teu livro, nem sempre de forma muito positiva. Infelizmente, agora acho que era muito idiota naquele tempo. Mas guardo tudo com carinho...".

A vida dá voltas, diz o clichê. Ainda bem que tenho a escrita e que ela está comigo em todas as voltas que a vida dá. Alguns homens com quem me relacionei vieram parar nos meus livros. Um deles nunca mais falou comigo. Outros não leram — ou fingiram que não. Um se divertiu. O homem doze anos mais velho do que eu, se não estou enganada, foi o único que me escreveu.

E você, G., o que vai fazer?

A minha mãe tinha medo que eu repetisse a história dela: homem muito mais velho, comprometido, disponível pela metade.

Ela me dizia isso com todas as letras. Queria *tanto* que sua filha igual a ela fosse diferente dela... Que eu fosse feliz, *Que você busque essa felicidade, pra valer.*

Quando foi que me dei conta de que nunca busquei essa felicidade pra valer porque me sentia presa à ideia de que só se é profundo e intenso na tristeza? Porque me sentia presa ao passado e às suas dores? Porque pensava que me aproximar da felicidade implicaria um corte com a minha mãe e as mulheres que vieram antes dela?

Quantas vezes, mãe, eu me perguntei por que no início de 1995 você escreveu *até velhinha vou me lembrar a cada dia 24 desses momentos*? Você realmente acreditava que ficaria velhinha mesmo estando doente desde 1991? Você queria que eu acreditasse nisso? Ou era só a expressão de um desejo seu?

Ou será, me pergunto agora, que por ter escrito essa carta você realmente está mais velhinha, com setenta e cinco anos, se lembrando de mim a cada dia 24, vendo meus filhos crescerem? O meu filho, tão parecido comigo. E a minha filha, tão diferente de mim.

56

Talvez a minha segunda lembrança da vida: meu pai e minha mãe conversando no terraço lá de casa, sentados nas cadeiras de madeira pintadas de branco, os cotovelos sobre a mesa redonda, o ar pesado, semblantes sérios. Ao fundo, em primeiro plano, vasos também brancos, retangulares, repletos de plantas, flores; em segundo plano, a montanha esverdeada com uma pequena casa no topo, que povoou a minha imaginação durante toda a minha infância. Viveria alguém lá? Para que servia aquela casa, solitária, no alto de uma montanha?

Eu e a Dina sentadas no sofá da sala de cima. Não me lembro da estampa do forro nessa altura, tínhamos acabado de nos mudar para a casa de Laranjeiras, fazia apenas seis meses, mas no futuro ele seria verde com flores. A porta de vidro nos separava dos nossos pais, que conversavam com uma seriedade desconcertante. A Dina ia fazer três anos alguns dias depois, eu tinha feito cinco havia menos de dois meses.

Solidão. Angústia. Lembro perfeitamente desses sentimentos, que eu já devia conhecer, porque minha primeira lembrança da vida, uma briga com meu pai, também me remete a eles. Eu dizia à minha irmã, Acho que o papai e a mamãe vão se separar. O que uma criança de cinco anos sabe sobre isso? E uma de quase três? O que eu sabia naquela altura era o peito apertado, a ansiedade para que eles entrassem na sala e nos dissessem do que se tratava aquela conversa da qual tínhamos sido interditadas. E quando eles vieram nos contar eu estava mesmo certa, o meu pai iria se mudar, primeiro iria morar com um amigo, depois com uma nova mulher, e nós passaríamos a viver cada semana com um, a mala amarela passando de casa em casa com as nossas roupas até eu ter dez anos, a minha irmã oito, e passarmos a morar com a minha mãe a maior parte do tempo.

A essa lembrança, colaram-se muitas outras, numa espécie de desdobramento do desastre: eu derramando cola nas mãos da minha professora, esperando secar, para arrancá-la suavemente, como se fosse uma camada da sua pele — o prazer daquela sensação, de estar ali ao lado da Rê, protegida por ela; eu fazendo as cartilhas das sílabas, ba-be-bi-bo-bu, e lendo toda a coleção do Mico Maneco, o mundo que ia se desvelando junto com as letras; a sala, onde aprendi a ler e escrever, com as mesas pequenas, baixas, éramos apenas nove crianças; eu caindo do beliche, o copo de água com açúcar que meu pai me fez tomar, o gosto ruim do copo de água com açúcar, Toma, vai te acalmar; eu olhando para o chão enquanto meu pai contava para a Rê do tombo da noite anterior; eu caindo no chão de paralelepípedos da escola; eu indo para o hospital com a Rê, sem meus pais; eu segurando o choro enquanto me costuravam o queixo, para que ela não me visse chorar. Lembro ainda da voz da minha mãe anunciando para a minha professora, A Tati não está lidando bem com a nossa separação.

57

Em maio de 2007, quando vim a Lisboa lançar *A chave de casa*, fiquei na casa da Esther, grande amiga da minha mãe, que ela havia conhecido no exílio. Esther fazia parte do MRPP, organização maoista portuguesa que tinha relação com o PCdoB, partido do qual meu pai era membro. Juntas, elas foram a um congresso na Albânia, e foi nessa viagem, sob a influência da minha mãe, que Esther começou a perceber que o comunismo havia resvalado numa ditadura. Embora de esquerda até o fim da vida, minha mãe gostava muito da liberdade e das diferenças, para se filiar a qualquer ideal político que as anulasse.

Mesmo depois do retorno ao Brasil, elas permaneceram muito amigas — trocavam cartas e, às vezes, se visitavam. Em 2007, Esther resolveu me presentear com a cópia de duas dessas cartas, que me esclareceram alguns pontos sobre a minha mãe, sobre a separação do meu pai, sobre sua relação com o meu padrasto e sobre sua relação comigo.

58

Rio, 22-07-1984

Esther querida,

Não sei se demorou a chegar, ou se ficou escondido num canto da caixa do correio, mas só ontem vi o seu cartão de Paris. E fiquei muito feliz. Há dias, encontrei umas fotos nossas em Lisboa, não tive dúvidas: coloquei a melhor delas na minha estante. Tenho muitas saudades de você, minha amiga, sempre aquele sentimento de que és minha irmã, uma irmã que tenho ultramar...

Quer dizer que estás com duas filhas: olha, exijo uma foto delas com você. Não faço por menos. Agora te mando também uma nossa. Tatiana está um amor, espertíssima, já aprendendo a ler – demonstrou muito interesse cedo, as professoras acharam que não dava para segurar, que era melhor alfabetizá-la, apesar de só ter cinco anos. Dina, nos seus três aninhos, uma criança deliciosa: aquela tranquilidade de segunda filha, super bem-humorada, muito gostosa. Dá para perceber que minha paixão por essas menininhas só aumenta. Apesar de eu me achar uma mãe com tantos defeitos, sobretudo pouco paciente etc. etc. Nos adoramos, do jeito que somos.

Amiga, andei passando momentos difíceis com a separação [...]. [...] O nascimento da Tati foi uma porrada grande demais [...]. Alguma coisa muito forte se quebrou naquela época. Só hoje posso avaliar com clareza. E sentimento é sentimento, as análises racionais frequentemente não adiantam muito em relação a ele. Eu o amava tanto, ele era tão importante para mim, que precisei de 5 anos! Mas já há um ano que estávamos mal, eu sempre com a expectativa (e a vontade) de que as coisas se resolvessem, que retomássemos um bom relacionamento. [...] É duro reconhecer isso, foi terrível viver. Inclusive, e sobretudo, porque temos uma grande afinidade, respeito muito ele, foram dez anos de vida em comum. Mas estava faltando, estava faltando [...].

Mas estamos aí. Já se passaram quatro meses, sinto-me mais feliz que triste, convicta de que era isso mesmo. Um novo tempo começa, às vezes estou ótima, às vezes péssima. Porém mais eu, como se estivesse reconquistando em mim uma parte que depositara nele, como se de repente fosse de novo Helena. [...] As meninas estão enfrentando bem. Tati, no início, sentiu muito, mas já está se refazendo. [...]

Nenhum namorado à vista. Nem estou procurando. Sinto que tenho de digerir esses dez anos e essa separação. Não deixa de ser difícil, porque não raro vem uma grande carência afetiva. Vou vivendo o que aparece, por enquanto sem procurar muito.

Trabalho sempre muito, agora na área de cultura (e não mais política), o que, no momento, me agrada bastante. Já estava meio cansada de guerras. Escrever sobre cinema e cultura tem me feito muito bem, são coisas de que gosto muito, e onde também ponho para funcionar toda a minha experiência em outras áreas. Também dou aula de jornalismo na faculdade, e com tudo isso sobra-me pouco tempo.

Muitos beijos,
Helena

59

Estou andando no Jardim Botânico com os meus filhos, quando encontro o filho mais novo do meu padrasto. Conversamos um pouco. Ele está num bar, bebendo uma cerveja, e não consigo deixar de pensar em como ele se parece com o pai.

Sinto uma ligação estranha com ele. Tentei lhe dizer isso numa festa muito tempo atrás. A gente não se conhecia, eu me apresentei, Oi, sou a Tatiana, filha da Helena; quando eu era criança, você era um fantasma na minha vida. As palavras saíram sem filtro da minha boca, para uma pessoa que eu nunca tinha visto, mas que habitara o meu imaginário durante a infância. Continuei, Eu não entendia a atitude do teu pai, era uma coisa que não entrava na minha cabeça, porque ele era tão presente pra mim, pra minha irmã, ele estava sempre lá em casa, então como ele podia ter um filho que todo mundo sabia que era dele, que *ele* sabia que era dele, mas que fingia não ser? Respirei, pensei, apontei para o seu rosto, como quem diz, Vocês são iguais. Em seguida, reinou um silêncio pesado entre nós. Eu havia falado demais, sem dúvida. Ele sorriu meio sem graça, a gente deu um jeito de ir cada um para o seu canto, e no dia seguinte senti uma angústia que se prolongou por muito tempo, não por ter falado tanto, mas por não ter falado a verdade toda. Eu me sinto estranhamente ligada a ele, o filho mais novo do meu padrasto, como se sentem ligadas duas vítimas de um mesmo carrasco. Ligadas pelo mal.

60

Dois ou três dias depois da tarde em que o meu padrasto se jogou nos meus braços, o telefone tocou e eu atendi. Do outro lado, ele, que nunca ligava para a linha que eu dividia com a Dina, a não ser em caso de emergência, me perguntou se a minha mãe estava, e por um segundo me senti aliviada, era com ela que ele queria falar. Demorei um pouco para entender quando ouvi, Estou ligando porque eu queria fazer umas fotos tuas. Fotos?, repliquei. É! Arranjei um estúdio bacana na Barra, dava pra fazer umas fotos boas. Mas eu não quero fazer fotos, respondi. Vão ficar lindas, ele insistiu. Tô cheia de trabalho pra faculdade, justifiquei. Pensa nisso, ele disse. Assim você fica com um *book* pronto.

Naquela altura, eu já não queria ser atriz da Globo. Além de Homero, eu havia lido Clarice Lispector, Simone de Beauvoir, Katherine Mansfield, Sartre, Camus, Guimarães Rosa, tantos livros, eu tinha passado os últimos anos lendo, havia descoberto esse outro prazer na solidão; sabia até que era isto que eu queria fazer a vida toda, ler e escrever, e de vez em quando eu ensaiava uns contos, uns fragmentos, uns poemas. Eu havia participado de um concurso literário com três narrativas curtas, com pseudônimos distintos, um envelope pardo para cada uma, levados pessoalmente a uma casa em Laranjeiras, o coração acelerado, uma esperança lá no fundo, eu era muito jovem, mas vai quê. Tudo isso em segredo, claro, ninguém além da comissão julgadora leu esses contos, nem eu disse que participaria, nem que havia participado do concurso, eram coisas minhas, da minha solidão. Uma das narrativas, eu me lembro, era uma menina que se masturbava na banheira. Anos mais tarde, eu descobriria que quem ganhara esse concurso era agora uma grande amiga minha, nove anos mais velha, e pela primeira vez eu contaria a alguém que tinha fechado aqueles três envelopes secretos e os entregado em mãos.

Eu estava quase desligando o telefone, quando ouvi a voz dele, Espera: não conta pra tua mãe que eu liguei, tá? Não fala pra ela essa história das fotos, é uma coisa nossa. Então, se da tarde em que ele chegara bêbado eu ainda tentara guardar alguma dúvida, a partir desse telefonema eu já não poderia nem dizer a mim mesma que talvez eu estivesse equivocada.

Não conta pra tua mãe que eu liguei, tá?

Não conta, tá?

É uma coisa nossa.

Nossa.

Ao longo dos três anos que se seguiram, não houve um dia no qual eu não ouvisse a voz dele do outro lado da linha, Não conta pra tua mãe que eu liguei, tá?

Conto? Não conto? Conto? Não conto?

Quase diariamente eu me interpelava.

E se eu disser e a minha mãe não quiser acreditar em mim?

Claro que vai. Feminista, jornalista, justa, esclarecida, me conhece na palma da mão, sabe quando estou dizendo a verdade.

Mas e se agora, pela primeira vez na vida, ela não acreditar?

Não, não foi por isso que eu não falei. Ou talvez tenha sido também.

Eu não queria tornar mais infeliz a sua história de amores infelizes. A história que ela *se* contava — que ela se contou desde muito cedo, que ela me contou e não teve tempo de contar de outra forma. Eu sabia que ela não ia viver até velhinha, provavelmente não teria tempo de se apaixonar de novo, e eu não quis, mas eu quis, contar para ela que seu último amor estava fazendo aquilo comigo, com a gente.

Será que ele confiava que, naquela situação, eu jamais diria nada?

Ou se arriscava?

Tentei fazer com que ela desconfiasse, mas ela não desconfiou.

Conto? Não conto? Conto? Não conto?

Fui contando a outras pessoas, para eu não explodir. Contei às minhas amigas mais próximas, que sentiram raiva e nojo. No fim, eu perguntava a elas:

Conto? Não conto? Conto? Não conto?

E a resposta era sempre, Não.

Contei a um amante italiano, que conheci pouco depois desse telefonema — ou terá sido antes? Minha mãe andava preocupada, porque o italiano era dezesseis anos mais velho do que eu, e ela tinha medo que eu repetisse a sua história.

(Mas a minha beleza, mãe, não é diferente? Não foi você que disse que só os homens mais velhos são capazes de vê-la?)

Contei ao meu primeiro namorado, vinte anos mais velho do que eu.

Conto? Não conto? Conto? Não conto?

Ele também respondeu, Não. Alguns anos depois, ele me convidou para participar, na faculdade onde dava aulas, de uma mesa-redonda junto com o meu padrasto; achou que seria boa ideia a gente falar para a sua turma, ele mediando. Olhei para o e-mail sem acreditar, vontade de partir o computador, de cuspir naquelas palavras, mas respondi apenas, Não, muito obrigada, estarei em Paris a trabalho.

O gesto mais inusitado que cometi no meu desespero de saber qual era a atitude correta, contar ou não, foi ter me tornado paciente da analista da minha mãe — e tê-lo feito apenas para poder lhe perguntar, Conto? Não conto?

E, assim, cada vez que eu tentava me afastar da minha mãe, romper com a maldição, mais eu me confundia com ela.

Os mesmos pensamentos.

Os mesmos sentimentos.

A mesma infelicidade.

A mesma gargalhada.

A mesma angústia.

Os mesmos diários.

A mesma escrita.

A mesma analista.

Conto? Não conto? Conto? Não conto?

Então, minha mãe morreu. No enterro, eu usava um vestido longo de veludo preto e chorava copiosamente. A certa altura, tive que parar de falar com as pessoas, porque era muita gente, fazia calor, embora fosse inverno, a minha pressão caiu, precisei me sentar.

O caixão estava fechado, no judaísmo é assim.

A Djamila havia sido enterrada num cemitério católico, sua mãe era católica, mas seu caixão também estava fechado. Seu corpo e seu rosto, com o acidente, tinham ficado deformados demais para serem expostos.

Não vi minha irmã morta. Não vi minha mãe morta.

A primeira vez que verei um corpo morto será anos depois, no enterro do pai de uma amiga. Discretamente, vou me aproximar do caixão e olhar em detalhe para o corpo, procurando nele o da minha irmã e o da minha mãe.

Enquanto estávamos no cemitério judaico do Caju, me imaginei várias vezes abrindo o caixão e sussurrando no ouvido dela a verdade toda, minha última chance.

Conto? Não conto? Conto? Não conto?

Conto?

61

02/04/1961

Hoje foi um dia como a maioria desses últimos dias, não muito bom, sendo portanto ruim.

Ele já vai se mudar, e eu preciso esquecê-lo, preciso, mas não consigo, adoro-o, quer dizer, gosto demais dele, e ele nem sonha em gostar de mim. Já não me aguento mais, esses dias têm sido horríveis para mim, já não me aguento mais de tristeza.

10/04/1961

Não gosto mais do Biriba. Deixei de gostar na quarta-feira, estou felicíssima, graças a Deus, ele nada significa para mim. Porém, como não gosto mais dele, hoje ele falou um tempão comigo.

Agora irei dormir, satisfeita por não gostar de ninguém.

62

É preciso olhar para mim e para a minha mãe como se fôssemos outras.

63

Hoje, deitada no divã, fiz algo que nunca faço: falei do que estou escrevendo. Detesto falar sobre o processo durante o processo; sinto que as palavras pronunciadas não dão conta das palavras escritas, que, por sua vez, são demoradamente trabalhadas para se aproximarem o possível daquilo a que os psicanalistas chamam de real. Cada camada de representação é um afastamento da coisa em si. Pensemos no big bang. O universo inteiro era um pequeníssimo ponto com toda a energia concentrada. Esse ponto explodiu e foi se espalhando, se espalhando. Quanto mais o universo se expande, mais longe ficamos do ponto inicial. Com a escrita, é como se eu tentasse me aproximar do ponto concentrado de energia. Para isso, é preciso muito cuidado e muito silêncio, como quando um animal caça outro, ou como quando queremos fazer uma surpresa, dar um susto em alguém. Falar sobre a escrita pode significar pôr tudo a perder, ser jogada para um ponto longínquo na expansão.

Eu havia dirigido dos Anjos a Belém pensando em tudo o que tem acontecido entre mim e o G., era sobre nós que eu queria falar, mas aí, com a minha mania de contextualizar — os tais detalhes, de que ele me acusa carinhosamente —, acabei mencionando a escrita deste livro, e quando me dei conta estava narrando, em voz alta, a cena da piscina, o desenho, a *Playboy*, a masturbação, o sangue, a volta para o Rio. Ele me entregou o desenho e quando vi era uma menina sem rosto, *eu*, os peitos despontando, ele tinha visto o que eu achava que só eu sabia. Então ficou aquele silêncio típico de uma sessão de análise, um silêncio que parece conter todas as palavras do mundo, de todas as línguas, as vivas e as mortas, e de repente ela me perguntou, Você se sentiu excitada?

64

Na cama, volto ao tema da exposição com G. Ele diz, e eu gravo, para não me esquecer:

O que tens de fazer para escreveres o livro sincero que queres é muito difícil, porque, por um lado, há a pulsão para se vitimizar — o padrasto, monstro; eu, vítima — e o livro não pode ser só isso; mas o contrário também não pode ser, seria falso dizer, Na verdade eu ardi em desejo e o provocava. Não podes dizer nada que vá nesse sentido, porque é autoculpabilização, e é falso. Havia um assédio que não era provocado. A última coisa que te passava pela cabeça era provocar o teu padrasto. Portanto, no fundo é demonstrar que há uma coisa estrutural que condiciona os dois sem subjetivar nem moralizar dessas duas formas possíveis, nem se vitimizando nem se culpabilizando. Eu não saberia resolver essa equação.

65

09/03/1961

[...] *Gosto tanto, tanto dele, que me sinto tão triste, às vezes com vontade de chorar* (*mas não choro, não sou desse gênio de chorar muito*), *quando penso que ele nem sonha em gostar de mim.*

66

Muitas vezes, quando o meu padrasto dormia lá em casa, a minha mãe e ele se trancavam no quarto e não saíam por nada. Perdi a conta de quantos sábados e domingos eles ficaram fechados até o meio-dia. A Dina e eu batíamos à porta dezenas de vezes e do outro lado só ouvíamos um silêncio profundo. Às vezes, minha mãe dava um grito lá dentro, avisando que já ia se levantar. Mas isso podia demorar algumas horas.

Num desses sábados ou domingos da minha infância, depois de bater à porta seguidamente, de esmurrar a porta, de gritar, de pedir por favor para ela sair, lembro de ter sentido tanta raiva que me pus a arrancar as folhas de uma árvore-da-felicidade que havia na sala de cima. A planta estava linda, frondosa. Uma a uma, fui arrancando cada folha, até os galhos ficarem nus. Lembro de querer me vingar destruindo a árvore da qual ela gostava tanto — mais do que isso, destruir a sua felicidade, porque eu odiava esses momentos em que ela nos deixava à espera, em vez de nos levar para passear.

As folhas nunca mais cresceram, a árvore morreu. Fiquei sem saber se tinha destruído a felicidade da minha mãe, a minha ou a da casa. A raiva podia me levar a uma maldade da qual eu nem sempre me arrependia.

67

Descubro uma fratura no pé direito. O que parecia ser uma tendinite é, na realidade, uma fratura de estresse. De tanto repetir o mesmo movimento, o pé se partiu. Catarina, minha orientanda e amiga, descobre na internet que os pés são os primeiros a saber das coisas. Pelo menos, nesse caso, é ele quem me alerta: se o movimento não muda, as coisas se partem. Brincamos com as palavras: de tanto bater o pé — de tanto insistir, teimar —, quebrei o pé. Mas também posso pensar que foi preciso quebrar o pé para bater o pé — para dizer, Basta! Ela lembra ainda de perder o pé no mar, ficar sem pé. E eu lembro de um trecho de "Objeto gritante", o manuscrito que deu origem a *Água viva*, de Clarice: "Há um modo de entender que é fascinante como um perigo: é o de perder o controle das coisas. Não entender é positivo. Entender é que é fracionado. Perder o pé significa o não encadeamento lógico no interior da pessoa. Aliás a isto se pode chamar de vida. Vida é um desencadeamento em que se perde o pé". E lembro ainda — como poderia me esquecer? — da sessão de análise de ontem. Quando falei em derrota, ela disse, Não por essa rota. Como é difícil, às vezes, sair da rota que traçamos para nós mesmas em algum momento da formação da nossa vida.

Chego em casa, me esparramo na cama e começo a chorar, porque sou desse gênio de chorar muito, o travesseiro e o lençol encharcados. Me lembro de uma vez na PUC-Rio, almoçando com a Paloma Vidal e a Claudia Lage, quando fazíamos mestrado no primeiro ou no segundo ano deste milênio, eu sofria tanto de amor por um homem vinte e cinco anos mais velho, que disse a elas, Choro todos os dias, choro tanto que a minha cama fica encharcada, e a Claudia, sempre preocupada com a alegria e a saúde, assustada, disse, Que horror!, enquanto a Paloma, com seu humor que desmonta a gravidade dos meus dramas, exclamou, Adoro essa imagem, vou roubá-la!

Às vezes sinto que é exatamente isto: chorar para escrever. Chorar, chorar, chorar, até precisar escrever.

68

A escrita surge a partir de uma imagem. O quadro vai se formando, primeiro um fragmento, depois outro, até a cena aparecer por inteiro, nítida, à minha frente. Então a escrita vem, como o desdobramento da imagem inicial. Na tentativa de fazer com que as palavras digam exatamente o que estou vendo, vou colando-as na imagem, como uma criança que está aprendendo a ler, a palavra *mar* na imagem do mar, a palavra *montanha* na da montanha, a palavra *barco* no barco, e quando o trabalho acaba eu o entrego à minha mãe, ela sorri, eu também sorrio, já não tenho vontade nenhuma de chorar, fazemos parte de uma linhagem de melhores alunas, gostamos de estudar, de fazer o dever de casa, a amiga da escola protestante dela costumava dizer que as judias eram sempre as melhores alunas, não sei se tem a ver com judaísmo, a minha mãe pendura os meus trabalhos na parede do seu escritório, pendurava, já faz muito tempo que não pendura, nem um livro meu na sua biblioteca, e quando acabo de escrever já não tenho vontade de chorar nem parece que chorei tanto, por que mesmo? Uma fratura de estresse? Um homem neurótico? Onde está a Paloma para rir de mim?

69

10/03/1961

De manhã fui ao colégio e fiquei muito satisfeita pois tirei 10 na Redação. Cheguei ao meio-dia, pois agora está faltando água no Rio de Janeiro inteiro.

Quando eu ia tirar ficha no caixa encontrei o Biriba e ele passou as duas mãos no meu rosto. Dei-lhe uma "bronquinha", mas logo depois ele pôs a mão no meu pescoço e fingiu ter dado um beijo. Fiquei zangadíssima.

70

Escrevo para desvelar a cena da piscina, mas também para apagá-la. Não de sua existência nem da minha memória, mas do meu desejo. Se eu tirar a cena de dentro de mim, se eu a expuser para os outros, pode ser que ela deixe de me atormentar.

Sempre me pergunto se uma cena, ao ser materializada em escrita, levada para fora, também continua do lado de dentro, como se apenas tivesse sido duplicada, ou se, pelo contrário, se desdobra e se distancia da origem. O que, em outras palavras, é o mesmo que perguntar se a escrita cura.

71

G. diz que me conhece na palma da mão e, quando ler este livro, vai saber se fui até o fundo, se me expus de fato ou se me coloquei num lugar fácil. Ele lembra a conversa que tivemos sobre *As confissões*, de Rousseau. Diz que o pior que pode acontecer num texto autobiográfico é eu ser conivente comigo mesma. Ele não está, com isso, querendo saber se me fiz de vítima ou se sou vítima. Ele não o questiona. Só acha, mas esta é a minha interpretação, que escrever é complicar as coisas. Na literatura, mesmo quando falamos de pessoas reais, mesmo quando escrevemos sobre fatos, ou sobretudo nesses casos, as relações não podem ser apenas de causa e consequência. Quem narra sobre si não pode ser linear.

Os outros podem até não enxergar, mas eu vou saber, ele me diz com ironia.

É claro que eu poderia responder, também com ironia, Quem é você para achar que me conhece na palma da mão?, mas aceito o desafio.

Em casa, faço uma lista de perguntas:

1. Quando tirei o sutiã do biquíni, eu tinha a intenção de me mostrar?
2. Quando tirei o sutiã do biquíni, eu tinha a intenção de seduzir?
3. Senti tesão quando vi o desenho?
4. Anos depois, quando ele me assediou, me senti excitada?

5. Ou, pelo contrário, tive nojo?
6. Senti vontade de ser fotografada por ele?
7. Senti-me lisonjeada por ser assediada por um cineasta renomado?
8. Por que, afinal, não contei para a minha mãe?
9. Eu me arrependo de não ter contado?
10. Por que escrever esta história em modo autobiográfico? Qual o motivo de tanta exposição?
11. Por que contá-la agora, quando ele e ela já estão mortos, quando só eu tenho a palavra?

É isso que você quer dizer com ir até o fundo, G.?

72

Leio tantas vezes no diário da minha mãe que o Biriba não gostava dela — "E eu queria tanto...". Eu também queria tanto, mãe... Mas também queria me libertar desse passado que roubei para mim: o da menina sozinha no quarto, sofrendo por amor. O passado que minha mãe me deu de presente com seus diários e que talvez ela tenha herdado da minha avó.

Nunca conheci Judith, que depois de casada se tornou Judith Ivonne. Dela ouvi poucas histórias. Que era obsessiva, arrumava a casa sem parar, gostava de tudo no exato lugar, perguntava as mesmas coisas dezenas de vezes. Era fechada, durona e gritava muito. Mas diziam que era alegre e risonha antes de conhecer o marido. Minha mãe falava pouco a seu respeito, sempre com críticas, mágoa ou culpa.

Às vezes, dizia que eu me parecia com ela, mas era sempre nos defeitos. Quando eu perguntava demais. Quando eu me revelava hipocondríaca ou com alguma pequena obsessão.

Nasci no hospital em que Judith morreu, o Hospital Cruz Vermelha, em Lisboa. Os meus avós tinham vindo visitar os meus pais no exílio, quando ela sofreu uma parada cardíaca. Não morreu imediatamente. Ainda deu tempo de esperar a chegada de seus outros filhos. Morreu numa terra que não era a sua, em outubro de 1977. Em junho de 1978, numa tarde ensolarada de primavera, luz radiante, a praça do Rossio repleta de pessoas, minha mãe entrou na farmácia Estácio para pegar o resultado do teste de gravidez: positivo. Em janeiro do ano seguinte, eu nasceria numa terra que não era a minha, no hospital onde a minha avó havia morrido.

Volto algumas vezes ao estranhamento do dia em que entrei no quarto da minha mãe, e ela, que não era desse gênio de chorar muito, estava chorando na cama. Vejo tudo: o espelho na parede lateral do quarto, a colcha desenhada sobre a cama, um ar antigo, assim como as duas mesas de cabeceira, a televisão e o videocassete num carrinho, o armário do lado oposto ao espelho. Então eu lhe pergunto, um pouco ressabiada, por que o choro, e ela me diz que está com saudades da mãe. E naquele choro não há críticas, não há mágoa, não há culpa, pela primeira vez eu vejo a avó que não conheci, vejo a minha mãe e a minha avó e, apesar de toda a beleza que há naquele choro, eu me angustio profundamente, pensando que um dia estarei no lugar dela, chorando não apenas por uma mãe que se foi, mas por uma mãe que se foi há muitos anos, tantos, que a minha filha que não a conheceu já é adolescente, que a minha filha que não a conheceu sabe tão pouco dela, só o que conto, o que escrevo e o que choro.

73

V., meu filho, que tem sete anos, me vê chorando e me pergunta se são saudades da minha mãe. Digo que sim. Não minto totalmente. Todo choro meu contém um pouco da saudade que sinto da minha mãe.

74

O que estava combinado para ser uma semana de escrita numa casa de campo se transforma num acampamento infantil. Meu plano de solidão se desfaz, tenho que ficar com as crianças. Decido então chamar a Rafa, uma amiga brasileira que se mudou para Lisboa fugindo do Bolsonaro. Antes de sair da cidade, vamos juntas fazer compras: eu, V., E., ela e T., seu filho.

Desenhamos a seguinte estratégia de sobrevivência no supermercado: enquanto ela enche o carrinho para os próximos oito dias, eu acompanho as crianças para escolherem um brinquedo de até cinco euros. A tarefa não é fácil. Depois de muita insistência, acabo subindo o limite para oito euros e, finalmente, elas escolhem seus presentes. V. e T., os meninos, querem dois carrinhos; E., a minha filha, vem até mim com uma caixa colorida contendo três lápis, um apontador, duas borrachas, uma régua e um diário prateado com um unicórnio branco e rosa no qual se lê: *Sweet Dreams*. Vais escrever um diário?, pergunto. Não, ela me diz. Vou desenhar. Em casa, ela pede uma caneta azul e rabisca, literalmente, todas as páginas do seu caderno novo com a força e a fúria que só uma criança de três anos tem.

75

Escrevo este livro para me distanciar, mas também me aproximar de G. Sinto um desejo inexplicável de escrevê-lo a quatro mãos, como fazemos no nosso caderninho, *Le livre ouvert*. Tarde da noite, depois do sexo, pegamos o bloquinho da Gallimard e escrevemos em diálogo, primeiro um, depois o outro. Às vezes, fazemos listas de promessas, coisas como: não vamos mais sofrer por amor; vamos fazer mais ginástica; vamos trabalhar mais. Outras, escrevemos coisas que não conseguimos dizer um ao outro.

76

Eu: Peguei esta citação do Barthes no livro da Paloma: "Saber que não se escreve para o outro, saber que essas coisas que eu vou escrever não me farão jamais amado por quem eu amo, saber que a escrita não compensa nada, não sublima nada, que ela está precisamente *aí onde você não está* — é o começo da escrita". A escrita se faz *aí onde você não está*, ela não sublima nada, é lindo isso.

G.: É que ao mesmo tempo sublima — é realmente complicado.

Eu: Pode ser.

G.: Em termos absolutos não redime, nada redime — mas em termos relativos talvez sim. E tudo o que existe na vida existe em termos relativos, relacionais. Ou pelo menos assim me parece.

Eu: Pela minha experiência, nem em termos relativos. Não estou pensando apenas no amor. Acho mesmo que a escrita não redime, não sublima, não compensa nada. A perda dá início à escrita, mas não há o movimento contrário. Digo: escrever não traz um passado de volta, não me traz a minha mãe, não me faz ser amada.

77

Hoje faço quarenta e quatro anos e os comemoro com a Rafa em Roma, onde também comemorei os meus dezoito com o meu amante italiano. Relendo um texto autobiográfico da Virginia Woolf que trouxe na mala, encontro: "É a mais pura das verdades que vivi obcecada por ela (a minha mãe) até aos quarenta e quatro anos, embora ela tenha morrido quando eu tinha treze". E continua: "O certo é que escrevi o livro (*Passeio ao farol*) muito depressa e, quando ficou pronto, deixei de me sentir obcecada pela minha mãe. Já não ouço a voz dela; não a vejo. Suponho que fiz por mim mesma o que os psicanalistas fazem pelos doentes. Exprimi uma emoção muito antiga e muito profunda e, ao exprimi-la, expliquei-a e enterrei-a".

Me pergunto se quarenta e quatro é uma idade simbólica na vida de uma mulher; na relação entre mãe e filha; ou se trinta e um anos é o tempo do luto. Mas o que significa elaborar o luto? Podemos terminar o luto e continuar obcecadas? Vinte e quatro anos após a morte dela, cá estou, escrevendo sobre a minha mãe de novo. Será que depois deste livro, enfim vou enterrar esta emoção muito antiga? Tenho mania de traçar paralelos entre a minha vida e a dos outros, para encontrar referências absolutas. Se a Virginia Woolf parou de viver obcecada pela mãe aos quarenta e quatro anos e eu acabei de fazer quarenta e quatro anos, então o mesmo deverá acontecer comigo.

Mas eu já não tinha deixado de viver obcecada por ela?

78

Há doze anos venho escrevendo, com interrupções, um romance longo. Dele tenho muitas versões, com narradoras distintas, caminhos divergentes, estilos que comportam as mudanças desses anos.

A história se passa numa ilha fundada por três irmãs e seus maridos. Quando elas morrem, suas almas são engolidas por mulheres das gerações seguintes; isso se repete sucessivamente, até os dias de hoje. Assim, as três irmãs permanecem vivas, engolidas por suas herdeiras.

Sempre me senti uma extensão da minha mãe, um desdobramento. Crescer era um embate entre me tornar eu mesma e me tornar ela. Me afastar e me aproximar: um corpo que se expande e se enrosca. Um corpo expelido de outro.

Depois que ela morreu, a minha barriga distendeu. Ficou igual à dela. Eu achava engraçado e bonito e triste que a minha barriga tivesse ficado igual à da minha mãe. Muitos anos mais tarde, quando eu já era mãe de dois e vivia no país onde nasci, entendi, enquanto escrevia esse romance que escrevo há anos, que a distensão da minha barriga era a minha mãe lá dentro. Eu estava escrevendo a cena na qual a narradora engole a alma da sua irmã mais velha, quando olhei para a minha barriga, que estava particularmente redonda e dura, e me disse, A minha mãe está aqui dentro, eu a engoli — e isso faz tanto tempo!

A partir desse dia, comecei a revisitar a infância, a relação com a minha mãe e o luto que eu achava ter concluído — e que de alguma forma o tinha feito. Enquanto eu trabalhava no romance que nunca termino, decidi escrever este livro, como se escrevesse numa interrupção da escrita.

79

Pensando bem, eu engoli a alma da minha mãe quando estava na barriga dela. Não foi depois da sua morte. Pelo contrário, tenho passado os anos tentando expurgá-la pouco a pouco, fazer com que ela ocupe menos o meu corpo. Às vezes, penso que as enxaquecas, as dores nas costas, os formigamentos, as insônias advêm do excesso de alma herdada.

80

Pouco depois de completar quarenta e quatro anos, me descubro grávida. Mal consigo acreditar nos dois tracinhos do exame mais barato da farmácia, apenas um dia de atraso, os peitos inchados e sensíveis. Entre pensamentos difusos que me atravessam, como se eu ainda não conseguisse estruturar a frase "Estou grávida", sinto uma culpa imediata em relação a algumas amigas que tentaram durante anos, com diferentes métodos, e nunca conseguiram. Como isso pode ter acontecido aos quarenta e quatro anos e com um deslize tão pequeno? Quando vi, no dia seguinte ao sexo, que aquele era ainda o primeiro dia do período fértil, pensei: É óbvio que não vou engravidar, seria muita falta de sorte. Mas os dois tracinhos anunciam a realidade como um grito.

Guardo o exame com os outros três, numa caixa dentro do meu armário de roupas. Nunca joguei fora um teste positivo de gravidez. Sei o que isto significa, estar grávida, sei o que é ter dois filhos, sei o que é ter perdido um de forma involuntária.

Em nenhum momento desejo essa criança. Não quero um terceiro filho. Não quero ser mãe aos quarenta e quatro.

Mando uma mensagem ao G., Preciso falar contigo, mas não consigo pelo telefone. Ele vem me buscar em casa, apreensivo. Não sei como lhe dizer o que está acontecendo. Tenho vontade de rir, riso nervoso, mas consigo me controlar. Acho que sorrio apenas levemente quando lhe digo, Não me xinga. Respiro fundo e continuo, Estou grávida. Vejo no rosto de G.

as mesmas coisas que senti uma hora antes: uma indefinição, a sensação de estar pairando sobre o tempo e o espaço. A frase diz o que diz, mas o significado demora a chegar.

Daqui a alguns meses, não vou me lembrar que antes de anunciar a gravidez pedi ao G., Não me xinga. Daqui a alguns meses, G. vai confessar que essa frase tem rondado sua cabeça desde então. Se eu não tinha culpa, por que o receio de ser xingada? Não quer me culpar, diz, mas a frase o atormenta; dorme e acorda com ela. Quando ele me perguntar, Por que você me pediu pra eu não te xingar?, não vou ter uma resposta pronta, vou pensar enquanto digo, Eu tinha medo da tua reação, eu sabia que não seria fácil pra você, tinha a ver com a tua história. Tive receio de te dar a notícia, e tive receio também de que você me culpasse. Então, vou entender que o meu medo revelou a minha culpa. Não a que eu tinha, mas a que eu sentia. Mais uma vez, vou cair no buraco do indizível, um lugar de desespero em que por mais que a gente fale, conte, explique permanece a certeza de que o outro não nos entende. Ele não pode entender.

81

Começo a ler *A vergonha*, da Annie Ernaux. O livro é sobre a sua primeira lembrança com data: "Meu pai tentou matar minha mãe num domingo de junho, no começo da tarde. [...] Foi no dia 15 de junho de 1952. A primeira data precisa e clara da minha infância". Ela tem de onze para doze anos, e a primavera está terminando. As imagens e as poucas palavras daquele dia a perseguem vida afora, até o instante em que Annie consegue escrever sobre elas muitos anos depois. "Escrevo essa cena pela primeira vez. Até hoje me parecia impossível fazer isso, mesmo num diário. Como se fosse uma ação proibida que traria um castigo. Talvez o de não poder escrever mais nada depois."

Não poder escrever nada depois: já pensei nisso algumas vezes. O que escrever depois de uma cena de assédio cometido pelo padrasto de uma menina? O que escrever depois da morte da mãe? O que escrever depois de um aborto?

Eu morreria se parasse de escrever depois?

Ou será que a escrita começa justamente nesse ponto no qual já não se pode escrever?

"Escrever.

Não posso.

Ninguém pode.

E se escreve."

Marguerite Duras.

Na medida em que avancei na leitura, comecei a me perguntar: quantas mulheres carregarão a imagem dolorida de uma tarde da sua infância? Quantas meninas se tornaram mulheres num episódio de violência? Quantas mulheres ainda se encontram nas meninas que sofreram algum tipo de violência? Seria a escrita uma tentativa de arrancar a cena que existe dentro de nós, torná-la imagem para os outros, e assim profaná-la, acabar com a sua aura sagrada?

Annie diz: "Mais tarde, cheguei a contar para alguns homens: 'Meu pai tentou matar minha mãe pouco antes de eu fazer doze anos'. Ter vontade de dizer essa frase significava que eu estava apaixonada por eles. Todos se calaram depois de ouvi-la. Eu percebia que tinha cometido um erro, que eles não tinham condições de ouvir uma coisa dessas".

Mais tarde, cheguei a contar para alguns homens: Meu padrasto me assediou. Ter vontade de dizer essa frase significava que eu estava apaixonada por eles. Quase todos se calaram depois de ouvi-la. Só percebi que tinha cometido um erro, que eles não tinham condições de ouvir uma coisa dessas, quando um namorado, vinte e sete anos mais velho, teve a coragem de me dizer aquilo que os outros deviam pensar.

Estávamos fazendo uma viagem romântica pelo Alentejo. Na jacuzzi de um belo hotel sediado num campo de oliveiras, contei-lhe o que havia se passado com o meu padrasto.

Eu tinha trinta anos, o assédio havia acontecido entre os meus dezessete e os meus vinte anos, para que falar disso naquele momento clichê-paraíso-do-amor-romântico-feliz?

Foi exatamente o que ele, um homem conhecido por dizer tudo frontalmente, me disse, Você não devia ter me contado isso. E me deu um conselho, Não o conte mais. Ele foi assertivo quando proferiu que nenhuma história de amor daria certo se eu contasse esse episódio. Os homens não querem saber essas coisas, ele assegurou. E nesse "os homens" havia ele, que estava muito contente com a nossa viagem pelo campo e achava que eu não deveria estragá-la com o passado.

82

G.: Você sabe quando tudo isso começou?

Eu: Quando?

G.: Quando te perguntei se era seguro e você disse que sim.

83

No dia em que o meu padrasto entrou lá em casa bêbado e eu estava estudando grego, surgiu uma barreira entre mim e a minha mãe. E surgiram também a vergonha, a culpa e o segredo.

Tenho certeza de que se ela tivesse vivido mais eu lhe teria contado. Não sei quanto tempo levaria para lhe dizer; nem sei se o diria em voz alta, entregando uma carta, com um livro parecido com este ou passando um papel por baixo da porta do seu quarto.

Foi sem dúvida o medo que me fez escolher o silêncio, mas foi sobretudo a doença que o impôs.

A doença que chegou lá em casa quando eu tinha doze anos e a minha irmã, dez.

Nós três no sofá listrado de verde e branco da casa de Laranjeiras, minha mãe anunciando o linfoma, um tipo de câncer menos agressivo. A conversa, ela quis que fosse a mais leve possível, falar para duas crianças que a mãe está doente, mas lhes dizer também que aquilo não seria central na vida delas, que daria para viver como se aquela visita indesejada não tivesse chegado.

E até foi assim. Durante anos, a nossa casa não foi diferente das outras, a doença não estava na mesa de jantar, nas conversas, nas risadas, nas brigas. A doença eram consultas regulares com o dr. Halley, esse médico com nome de cometa com quem ela conversava mais sobre a vida do que sobre a morte. Nas poucas vezes em que estive na sala de espera, eu ouvia gargalhadas e me entediava por ter que aguardar a minha mãe falar sobre arte, música, livros e viagens com ele. Apesar da leveza, eu me angustiava. A palavra *câncer*, mesmo disfarçada na palavra *linfoma*, era um peso.

Um peso que às vezes tomava forma: comprimidos diários, quimioterapia com queda de cabelo, enjoos, fraqueza, peruca, cirurgia para extração do baço, herpes-zóster no nervo ciático, herpes-zóster no olho direito, viagem para os Estados Unidos, onde o cunhado dela era médico e professor, herpes-zóster no olho esquerdo, cegueira, cadeira de rodas.

Isso até a visita do médico-assistente, oito anos depois da conversa no sofá listrado de verde e branco, nós em outra casa, no Posto 6, com vista para o mar, a vista que ela não podia mais ver, quando, com ar de desesperança, ele revelou, Não há nada a fazer, e tentou nos consolar, É o tempo natural da doença, e o meu espanto, Não eram vinte anos? O médico-assistente de repente me roubando doze, e eu precisava tanto daqueles doze anos, teriam feito tanta diferença aqueles doze anos, toda a diferença aqueles doze anos. E a doença, aí sim, se tornando central, em cima da mesa do jantar, do almoço, do café da manhã, a doença que depois da morte virou assombração, veio incomodar os meus pesadelos, a minha memória, o meu corpo.

84

Era preciso que estivessem todos mortos para eu escrever?
Não ter escrito antes foi falta de coragem?
Fui medrosa?
Sou medrosa?
Quanta coragem é preciso para se tornar mulher?
Quantas vezes ao longo de uma vida nos tornamos mulher?

85

Na casa de G., telefono ao SNS 24, um serviço de saúde pública por telefone, e pergunto onde posso fazer uma interrupção voluntária da gravidez. Do outro lado da linha, a mulher responde, Onde quiser. Não preciso ir ao meu centro de saúde, caso não queira partilhar a decisão com a minha médica de família.

Na manhã seguinte, descobrimos que nada vai ser tão fácil quanto aquele telefonema nos fez acreditar, mas não desistimos. Nem hesitamos.

Consulta: 23144103 – Data: 17/02/2023
MAC-CE CGI
Processo: 15044587
TATIANA SALEM LEVY
Data Nasc.: 24/01/1979 (FEMININO)

E ESCLARECIDO PARA A INTERRUPÇÃO DA GRAVIDEZ

...abelecimento de saúde MAC

Eu ______________________________ com o processo clínico n.º ______________, venho declarar, de acordo com o n.º 4 do artigo 142º do Código Penal, que fui devidamente informada e que estou esclarecida sobre as condições em que vai ser realizada, no meu caso, a interrupção da gravidez e os procedimentos e eventuais consequências para a minha saúde inerentes à sua realização. Assim:

- [x] Confirmo que tive a possibilidade de colocar todas as questões que pretendia e que as explicações que me foram fornecidas foram suficientemente claras para permitir a minha livre decisão;
- [x] Confirmo que estou esclarecida sobre as consequências da interrupção da gravidez e que tenho consciência da possibilidade de ocorrerem complicações e de vir a ser necessária a realização de actos diferentes daqueles inicialmente propostos;
- [x] Autorizo, nas circunstâncias acima referidas, que sejam efectuados todos os actos médicos indicados;
- [x] Confirmo que fui informada sobre a importância, para a minha saúde, de seguir as recomendações e prescrições médicas no período pré e pós interrupção da gravidez, assim como de comparecer nas consultas que me forem indicadas;
- [x] Autorizo a utilização posterior dos meus dados pessoais relativos à interrupção da gravidez, para os efeitos previstos na lei.

A preencher nas situações de interrupção da gravidez por opção da mulher, nos termos da alínea e) do n.º 1 do artigo 142º do Código Penal.

- [x] Confirmo que fui informada sobre as condições de apoio que o Estado pode dar à prossecução da gravidez e à maternidade.
- [x] Confirmo que, mediante a minha solicitação, me foi dada a possibilidade de acompanhamento psicológico ou por assistente social, durante o período de reflexão, que não foi inferior a 3 dias.

Como me foi explicado, esta interrupção da gravidez:

- [ ] Constitui o único meio de remover perigo de morte ou de grave e irreversível lesão para o meu corpo ou para a minha saúde física ou psíquica
- [ ] Está indicada para evitar perigo de morte ou de grave e duradoura lesão para o meu corpo ou para a minha saúde física ou psíquica e vai ser realizada nas primeiras 12 semanas de gravidez
- [ ] Está indicada porque há seguros motivos para prever que o meu feto virá a sofrer, de forma incurável, de grave doença ou malformação congénita e vai ser realizada nas primeiras 24 semanas de gravidez
- [ ] Está indicada porque o feto é inviável
- [ ] Será efectuada porque a gravidez resultou de crime contra a minha liberdade e autodeterminação sexual e vai ser realizada nas primeiras 16 semanas de gravidez
- [x] Será efectuada por minha opção e vai ser realizada nas primeiras 10 semanas de gravidez

Pretendo a interrupção da minha gravidez e autorizo a utilização do seguinte procedimento:

- [ ] Cirúrgico com anestesia local
- [ ] Cirúrgico com anestesia geral
- [x] Medicamentoso
- [ ] Medicamentoso seguido de cirúrgico

Nome (em maiúsculas) TATIANA SALEM LEVY

Assinatura Tatiana Salem Levy

DATA 17/02/23

(Preencher em caso de menor de 16 anos ou mulher psiquicamente incapaz)

Nome do representante legal, do ascendente, do descendente ou do parente na linha colateral
(art. 142º, n.º 5 do Código Penal)

Assinatura ______________________________

DATA ______/____/____

86

09/03/1962

Fui duas vezes a cartomantes em Caxambu. A primeira disse muitas coisas certas sobre o meu caráter, como por ex. que eu estava com um vazio muito grande e que eu estava brigando por tudo e falou que eu ia flertar com um rapaz moreno e que eu ia fazer uma viagem a Europa com os meus pais e que ia conhecer um rapaz moreno muito bom e…, e só me falou de rapazes morenos e que eu sofria do fígado.

A outra também me disse que eu ia flertar com rapazes morenos e que ia viajar pela Europa com meus pais. Ela me disse que eu ia conhecer meu futuro marido aos dezesseis anos e ia casar aos vinte e dois incompletos, que ele teria nove anos de diferença comigo e que seria um advogado. Ele seria moreno e alto. Eu teria duas filhas gêmeas. Paguei 50,00 à 1ª e 100,00 à 2ª.

87

Por que você implica tanto com ele?, me perguntava a minha mãe sempre que eu pedia para o meu padrasto não ir lá em casa, e eu respondia, Porque ele te faz sofrer. Isso não era uma mentira, mas ela encontrava sempre um jeito de se justificar, A nossa relação é assim, Eu sei o que faço, Está tudo sob controle, Não estou sofrendo, Estou bem, e seguiam-se explicações sobre um amor mais aberto que pareciam engolir minha mãe, sua história, seu jeito de ser.

Eu procurava uma forma de escapar, me trancava no quarto, ia ler um livro, ver televisão, saía de casa, mas em alguns momentos era obrigada a conviver com ele. E nesses momentos eu fazia de tudo para o meu padrasto perceber não que eu implicava com ele, mas que o desprezava.

Certo dia, quando minha mãe repetiu a pergunta, eu respondi, Porque ele vota no Fernando Henrique Cardoso, apoia publicamente o Fernando Henrique Cardoso. De que adianta fazer filmes revolucionários, retratar o povo e depois votar no Fernando Henrique? Ele virou de direita, mãe, como você consegue? Ela sorriu, talvez aliviada, depois de tantos anos não seria uma discordância política como essa que os afastaria. Se fosse Collor × Lula... FHC × Lula não era motivo suficiente.

A partir daí, o tema se tornou uma obsessão para mim. Sempre que ele puxava conversa sobre qualquer assunto, eu o indagava, Como você pode votar no FHC?, e saía disparando argumentos contra o neoliberalismo, a favor do Partido dos

Trabalhadores, toda a minha raiva sintetizada numa rivalidade política. Aquele homem, de quem eu gostava, se tornara odioso para mim; a sua presença, intolerável, e eu fazia questão de que ele soubesse disso.

Mas ele tinha suas armas de defesa, a simpatia e o sorriso que abria toda vez que eu começava a discussão, como se eu fosse uma adolescente que tinha muito o que aprender, uma adolescente ingênua que apenas esbravejava a sua preferência política de forma quase histérica. O que significava o seu sorriso enquanto eu despejava palavras contra Fernando Henrique Cardoso? O que ele queria com isso? Me irritar? Se salvar? Mostrar que por mais que eu gritasse ele continuaria impávido, sereno e leve?

88

Esther querida,

Recebi teu cartão – tão bom saber de você, embora me preocupe como estarás, com a separação. Não fico surpresa – conversamos tanto sobre –, mas preocupada, sim. Como está, amiga, dando para levar? Gostaria de poder estar perto de ti, que pudéssemos conversar muito, trocar nossas forças, mas você sabe que estou sempre contigo – qualquer coisa, me ligue. Sobretudo, me escreva, faz um esforcinho.

No dia que recebi teu cartão, por coincidência [...] estava aqui, mostrei para ele. Nós dois? Olha, Esther, nos aproximamos muito de lá para cá, mas é sempre muito difícil. A verdade é que quanto mais perto chegamos, mais eu quero, quero voar com ele, voamos, mas um voo cheio de limites. Continua daquele jeito: ele aparece e desaparece. Verdade que nos vemos muito mais, mas não dá para jogar livre, tem a mulher e o código que ele cumpre dentro do casamento (por mais precário que seja), a filha, os filhos, talvez esteja menos mulherengo, mas é uma insegurança sempre presente. Às vezes, ou muito constantemente nos últimos tempos, me pergunto o que eu procuro com tudo isso. Verdade que temos momentos muito bonitos, que amo muito, muito mesmo, ele, que também tem se chegado bastante – mas é sempre muito difícil. Muito. E o pior é que tenho uma puta dificuldade de me colocar, de pedir qualquer coisa, de vivenciar os meus limites. Dou, dou, e não peço quase nada, aceito quase tudo. Ou, quando reclamo, já estou mesmo é esperneando. Barra pesada, minha amiga, ando me sentindo no limite. No limite pra valer. Esta semana ele foi pra São Paulo, volta na véspera de eu viajar para o Canadá (lembra aquela viagem do ano passado? Este ano me convidaram de verdade – um barato). Daí, sei lá, eu não acredito porque sei que, se qualquer relação é difícil, essa é duas vezes difícil. Ao mesmo tempo, é tão diferente pra gente – com a cabeça que temos, as inquietações e necessidade de liberdade que temos – encontrar pessoas que realmente achamos interessantes. Eu sei lá, sei lá, tô na luta, amiga, tentando me entender (vou voltar a fazer psicanálise), tentando crescer ou, não sei, queria ser mais feliz, viver de maneira mais feliz. Amo tanto a liberdade e sempre encontro alguma forma de me escravizar. Que coisa louca! [...]

Você me perguntou sobre o livro, as reações têm sido ótimas, Esther, ótimas. Críticas maravilhosas, as pessoas realmente gostando muito, me dizendo coisas lindas sobre ele. Tenho lançado em vários estados do Brasil, no próximo fim de semana vou para o sul, Curitiba, lançá-lo. Bom demais, não é mesmo? Tou feliz também por você ter gostado. [...]

As meninas – poderiam ir melhor, mas estamos vendo. De qualquer maneira, estão sempre muito lindas, inteligentes, queridas, sinto que tenho de me melhorar, para melhorar a vida delas. Tenho mesmo.

Existe uma infelicidade básica em mim, Esther, que eu quero, preciso reverter. Eu não sei como, mas sei que preciso. Uma coisa que vem lá de longe, de menininha, que tem de virar. Será que consigo?

Não sei se vou para as filmagens do Judeu. Em princípio deveria, mas ainda não assinei contrato. O projeto está rolando, tomara que dê. Por ora, estou trabalhando numa série de programa de televisão sobre a história do cinema brasileiro. Um trabalho super interessante: estou colhendo os depoimentos, um barato.

E você, minha irmã, o que está fazendo profissionalmente? Me escreva, me conta, tomara que nos vejamos em breve. Um beijo muito querido, saudoso,

Helena
02-09-1987

89

Há uma semana, saiu um pedaço de alguma coisa de dentro de mim, fiquei olhando para aquela gosma sobre o meu absorvente durante alguns minutos, pensei em chamar o G. para ver também, o que seria aquilo, talvez o embrião, mas um embrião com cinco semanas tem o tamanho de uma semente de gergelim, e aquele pedaço de coisa tinha alguns centímetros, talvez a placenta, será que um embrião de cinco semanas já vive numa placenta? Não me lembro de nada que diga respeito ao feto, mas me lembro bem de como fica o meu corpo, peitos inchados, espinhas na cara, enjoo, insônia, depois os peitos dando de mamar, na segunda vez foi um peito só, porque a E. se recusava a pegar o outro. Toquei com o indicador no pedaço de alguma coisa, gelatinoso, mas também áspero e duro, muitas texturas num pequeno pedaço de alguma coisa, será que ainda vão sair mais coisas de dentro de mim? Quando é que isso termina?

Se já tivesse acabado, e eu achava que já teria acabado, tudo teria sido muito leve desde que os dois tracinhos apareceram no teste mais barato da farmácia, apenas um dia de atraso, os peitos, redondos, duros, a certeza de que eu não guardaria o ser que estava começando a se formar dentro de mim, a sorte de viver num país onde o que eu ia fazer, o que eu já fiz, é legalizado. O G. não, ele não ficou tranquilo, ele chorou muito, estirado sobre a cama, tão impotente quanto um bebê, a única coisa que ele podia fazer era chorar, talvez o seu choro me sensibilizasse, talvez eu o acudisse, talvez eu lhe dissesse, Não se preocupe, eu não quero mais um; e eu lhe disse, mas ele se preocupou, o corpo não era dele, e isso era um alívio, mas também um tormento, quem decidia era eu, e talvez eu mudasse de ideia, eu lhe estragasse a vida, porque ele não queria outro filho.

Eu só chorei no dia seguinte ao teste, depois de um longo périplo até ser atendida. Primeiro, fui recusada no centro de saúde de Sete Rios. Em seguida, fui avisada na Maternidade Alfredo da Costa de que eu teria que me dirigir ao hospital da minha área de residência, o Santa Maria, onde só queriam marcar a consulta para o dia 9 de março, quando da gravidez se pudesse dizer que era evolutiva, ou seja, que o meu corpo não rejeitaria o embrião por conta própria, sem medicamentos, sem dinheiro do Sistema Nacional de Saúde, sem dinheiro dos cidadãos de bem que pagam impostos, afinal, se eu engravidei foi porque não tomei cuidado, não interessa que a lei diga que a marcação de um consulta de IVG, Interrupção Voluntária da Gravidez, deva ser feita no prazo máximo de cinco dias, não interessa que a lei nem mencione o termo *gravidez evolutiva*, aqui no Santa Maria é assim, ou melhor, aqui em Portugal é assim, me diria um alto funcionário do hospital, como quem diz, Esta terra não é sua. Por fim, voltei à Maternidade Alfredo da Costa, onde a funcionária me inquiriu, O que você está fazendo aqui, já não lhe dissemos que só podemos atender quem é desta área de residência? Ao que respondi, No Santa Maria me disseram que não há área de residência para IVG. Então, uma enfermeira surgiu, com o rosto e a voz doces, as mãos no meu ombro, e me pediu, Me conta, e foi aí que eu chorei pela primeira e única vez desde o momento em que vi os dois tracinhos no teste. O G. tinha ido estacionar o carro, éramos só eu e a enfermeira; não, na realidade havia muitas mulheres à nossa volta, de um lado para o outro, muitas barrigas, de variados tamanhos, e eu ali, querendo que a minha barriga não crescesse. Chorei tudo o que ainda não tinha chorado.

Não quero ter tempo de me sentir grávida, eu disse. Tenho medo de que os hormônios me façam querer o que não quero, deus me livre ter outro filho, mal dou conta dos meus. Então ela me levou para o consultório, pediu para eu me despir e colocou um dispositivo gelado dentro do meu corpo para ver se já conseguia ouvir o coração do embrião, mas ele nem apareceu na tela, e ela me disse que eu teria que voltar após uma semana, pois não podiam me dar remédio para expulsar alguma coisa do meu útero se no meu útero não havia nada.

Uma semana depois eu estava lá, G. ao meu lado, o embrião brilhando na ultrassonografia, e a enfermeira me perguntou se eu gostaria de ver uma psicóloga antes de tomar a decisão, mas a decisão já estava tomada, e quis saber se podia vê-la depois do aborto. Ela me deu o papelzinho para marcar, não era a mesma enfermeira que havia me consolado, mas era igualmente doce, e eu não podia querer mais nada, aborto legal e gratuito, psicóloga gratuita, exames gratuitos, enfermeiras doces — essa experiência jamais viraria um livro, nem mesmo um conto, talvez uma entrada no diário, mas tudo bem, eu não queria uma experiência, só queria que tudo fosse o mais leve possível, que nem desse tempo de me sentir grávida.

Tomei dois comprimidos no hospital e levei outros quatro para a casa do G., para tomar quarenta e oito horas depois, o tempo que eu achava que viviam os espermatozoides dentro de mim, Então posso ficar tranquila, faltam quatro dias para ovular, tenho quarenta e quatro anos, não vou engravidar, eu havia pensado três semanas antes. Mas a médica me corrigiu, Até cinco dias, eles podem viver até cinco dias dentro de nós. Foi o que aconteceu, e por isso no domingo deixei os quatro comprimidos derretendo na boca, dois em cada bochecha, um gosto horrível, uma eternidade para desmancharem, logo depois as cólicas, o sangue escorrendo, um pouco mais do que uma menstruação, me explicara a enfermeira. Eu já imaginava o que estava por vir, entre V. e E. eu havia perdido um embrião, daquela vez eu tinha chorado muito, durante vários dias.

Desta vez, não chorei nem ao ver o filme baseado no livro da Annie Ernaux, *O acontecimento*, na véspera dos quatro comprimidos de sabor acre derretendo na minha boca; até fiquei aliviada por não precisar passar pelo tormento daquele aborto clandestino, para que o meu corpo continuasse apenas meu.

Aí ontem, eu e aquela coisa que saiu de dentro de mim junto com o sangue, não tive vontade de chorar, tive um embrulho no estômago, uma fraqueza, fiquei olhando para o absorvente e me lembrei do sangue na minha calcinha aos dez anos, e também da barata da Clarice, aquela coisa era meio menstruação meio barata, um vermelho-acastanhado, a coisa que escolhi não ter dentro de mim, que expulsei de dentro de mim, e naquele momento imaginei que seria muito fácil pensarem que sou uma pessoa má, eu própria me senti uma pessoa má, que decidiu não seguir adiante com aquela coisa dentro de si, aquela coisa que tinha o tamanho de uma semente de gergelim e havia se misturado com todo o resto, camadas do meu útero, que se tornara mais espesso, e outros restos, que não sei o que eram, mas que definitivamente eu não queria comigo.

Quanto tempo demoraram esses pensamentos, o meu olhar sobre o vermelho-acastanhado na calcinha, eu não sei, mas quando o G. me perguntou se estava tudo bem, sua voz atravessando a porta, eu tinha acabado de embrulhar a coisa num pedaço de papel e jogá-la esgoto abaixo. E foi aí que me ocorreu que eu devia tê-lo chamado para ver a gosma que havia saído pela minha boceta, aquela gosma também era dele.

90

16/02/1965

Hoje finalmente chorei. Tenho mudado muito nestes últimos dias, talvez aprendendo bastante. Não sei o que vai ser de mim. Tristeza. E sono.

91

Eve morava nos arredores do Bois de Boulogne, região chique numa das portas de Paris, num apartamento imenso, que não combinava nada com o seu jeito meio hippie nem com o preço que ela cobrava para jogar o tarô de Marselha na leitura de Alejandro Jodorowsky: dez euros. Pouco antes, eu havia estado no café Le Téméraire, onde o próprio Jodorowsky tirava as cartas para uma ou duas pessoas presentes. Cineasta, ator, escritor e psicomago chileno, ele reinterpretou o tarô numa perspectiva pouco interessada na adivinhação do porvir, e sim voltada para o autoconhecimento. Dito de outra forma, um tarô que se preocupa mais com o passado do que com o futuro. Eve tinha sido aluna dele.

Eu adoro qualquer jogo de magia que espreite o futuro. Sou adepta de tudo: revolução solar, ifá, búzios, tarô de Marselha, baralho cigano ou qualquer outra forma de jogo que possa me antecipar um pouco do que vai acontecer. Por isso, confesso, fiquei decepcionada quando descobri que ela ia ler o meu passado. Mas me mantive curiosa — e tensa — enquanto ela embaralhava e me pedia para escolher as cartas. Levei um susto quando o seu marido apareceu, disse algumas palavras e sumiu novamente. Era um homem estranho, deu para perceber logo, austero, falava com um tom autoritário e, como o apartamento, tampouco combinava com Eve, que parecia uma mulher forte e livre.

Ela espalhou as cartas na mesa e, sem hesitar, me perguntou, Aconteceu alguma coisa quando você nasceu? Antes que eu respondesse, continuou, Há um problema com o seu nascimento, um nó muito evidente. Um problema, uma dor, algo que não ficou resolvido. Então lhe contei as diferentes versões que tinha ouvido ao longo da vida, a dificuldade do parto, eu sentada na barriga da minha mãe, a indução, a anestesista presa no trânsito, a pergunta da médica, Você quer o corte na horizontal ou na vertical?, o pânico da minha mãe, a anestesia geral, a minha mãe que não me pegou no colo quando nasci. Ao tirar as cartas uma segunda vez, Eve disse que havia um segredo entre mim e a minha mãe, um não dito, e lhe contei a história do meu padrasto. Eve amarrou seu cabelo comprido, liso e pintado de louro atrás do pescoço, talvez uma forma de conter o incômodo. Em seguida, me passou os dois atos de psicomagia que eu deveria fazer.

Na sua releitura do tarô, o jogo de Jodorowsky encontra os nós na vida das pessoas, aquilo que não está bem, um problema passado que impede o presente de se realizar de forma mais livre. Então, o tarólogo indica rituais psicomágicos, uma forma de reencenar um trauma para o cérebro. A magia consiste em mudar a nossa história, não nos fatos, óbvio, mas na psique.

Tive dificuldade em fazer o primeiro ritual: escrever meu nascimento de forma feliz. Me sinto ridícula escrevendo histórias felizes, e eu era muito apegada à narrativa que a minha mãe havia me contado repetidamente ao longo dos anos. Tudo me fascinava naquele nascimento difícil, sobretudo o fato de não ter sido acolhida quando saí da barriga dela, o que explicava tanto sobre como sou. Escrevi assim mesmo. Fiz uma festa na minha quitinete, li a narrativa em voz alta e celebrei meu novo nascimento com amigos franceses e brasileiros, champanhe, comidinhas e muitos abraços, para eu me sentir acolhida por todos os presentes — mas não consegui enganar meu cérebro, que permaneceu arraigado à história primordial.

A segunda psicomagia: escrever uma carta para a minha mãe contando tudo o que eu não conseguira lhe dizer — e nessa carta haveria toda a dor que eu carregava, a culpa, a dúvida —, ir para um parque distante, para o qual eu não poderia retornar durante pelo menos três meses, enterrar o envelope e, por cima, plantar uma roseira; espinhos e flor, verdade e alento.

92

Hoje, minha mãe faria setenta e cinco anos. Hoje, voltei à Maternidade Alfredo da Costa para confirmar se o procedimento havia sido bem realizado. De manhã, não encontrava por nada o papel da marcação, indicando a hora da consulta. Liguei para o G., que está no Brasil, mas ele nem se lembrava que era o dia do retorno. Procurei o papel entre as minhas coisas, gavetas de roupas, do escritório, bolsas, na cozinha, com o mesmo desespero com que havia procurado tantas vezes os diários da minha mãe. Encontrei um número de telefone do hospital e, por algum milagre, atenderam e me deram a informação necessária.

No consultório, a médica e a enfermeira me mostraram na tela o meu útero, vazio. Senti um estranhamento, um desconforto, o anúncio de toda a dor que estava por vir.

93

17/02/1965

Querido Diário,

Parece incrível, mas a viagem chegou ao fim. Quero voltar, porque já se tornou muito difícil viver sem o calor, mas sinto calafrios ao imaginar que "aquela vida" se aproxima. Eu tenho medo, muito medo. E estou triste. Triste pelo prof. Hugo, pela Maria Luiza, enfim, por todo o Experimental.

18/02/1965

Acabou. Acabou mesmo. Hoje foi um dia emocionalmente muito intenso para mim. Senti o peso de toda uma experiência, senti o peso de uma separação. Vivi como nunca estes meses, e o que aprendi é imensurável. Amadureci e, sei, também envelheci demais. O fato de estar só, completamente só, foi horrível em determinados momentos, mas de importância capital. Vi coisas maravilhosas e toda uma outra vida foi descoberta diante de meus olhos. A despedida foi horrível, o nervosismo me dominava. A tristeza de largar esta terra maravilhosa, e o temor do regresso. Pois tenho medo, um medo que nunca tive.

É um vazio tão grande, tão grande. Se ao menos eu chorasse, se ao menos eu conseguisse chorar.

94

A cartela da pílula que precisei tomar após o aborto tinha acabado havia três dias, um sangue amarronzado sujava a minha calcinha desde então, e de repente senti uma enxurrada saindo do meio das minhas pernas, uma dor pontiaguda no ventre, os meus filhos correram atrás de mim e exclamaram, entre o susto e a excitação, Quanto sangue! Nunca escondi a minha menstruação, pelo contrário, sempre fiz questão de mostrá-la e de lhes explicar por que as mulheres passam por isso todos os meses, não quero que E. fique menstruada sem nunca ter visto como é, não quero que V. tenha nojo do sangue das mulheres. Não sei se isso está certo ou errado, toda mãe se pergunta se está fazendo o certo ou o errado, mas até hoje me espanto com o fato de que, quando fiquei menstruada aos dez anos de idade em Itacoatiara, depois de ter passado o dia na piscina, eu ter pensado que menstruação era uma gota de sangue que caía todos os meses, sem ter minimamente consciência de que não era uma gota, mas uma cachoeira, seria impossível viver aquilo sem contar à minha mãe. Por que ela nunca tinha me mostrado o seu absorvente é um mistério para mim. A minha mãe, que vivia andando só de calcinha pela casa, que não usava sutiã, que gostava de falar sobre tudo, que também tinha ficado menstruada aos dez anos, nunca tinha me explicado como era a menstruação. Por que não a tornou concreta, palpável, real, para as suas filhas?

Então eu deixo V. e E. verem tudo.

Mas hoje não era uma menstruação qualquer, era o resto do aborto, muito sangue, pedaços de coisas, um pedaço grande, maior do que naquele domingo na casa do G., as crianças se assustaram, o sangue não parava de escorrer, atravessou o absorvente, a calcinha, o pijama, a fronha cinza do edredom e estancou num vermelho aberrante no branco do lençol. Tudo isso nos dez ou quinze minutos em que falei com G. ao telefone. G., que agora está na minha cidade e me diz, do outro lado do Atlântico, que não pode fazer nada à distância, que eu deveria ligar para a Rafa. O meu choro o incomoda, Não chora na frente das crianças, ele diz, mas eu choro, talvez eu seja péssima mãe, o tipo de mãe que mostra o absorvente com sangue e chora na frente das crianças. Talvez eu seja péssima mulher, o tipo de mulher que tem enxaquecas alucinantes, dia após dia depois de um aborto, que chora desesperadamente quando sente uma enxurrada de sangue vinte dias depois de um aborto, que atrapalha o sossego do homem que está do outro lado do Atlântico para lhe dizer, Não sei o que está acontecendo, ninguém me avisou que seria assim, está saindo mais sangue do que no domingo na tua casa, a minha cabeça... a minha cabeça está latejando; o tipo de mulher que pede explicitamente, Me ajuda, e ainda chora quando o homem do outro lado do telefone diz que não pode mais falar, está na casa de uma amiga, o lanche vai ser servido, e G. não está presente, imagina, G. está ao telefone com essa mulher louca que não para de chorar porque escorre sangue pelas suas pernas, quatro absorventes em uma hora e ainda assim mancha o chão da casa, a privada, a tampa da privada, Olha, mamãe, tem sangue aqui, Por que você está sangrando tanto, mamãe? Acontece, meus amores, às vezes a menstruação é mais intensa. O tipo de mãe que mente. Estou assustada, o meu ventre dói, a minha cabeça dói, o meu corpo todo dói, e sinto de novo aquela solidão profunda que está nos meus diários e nos diários da minha mãe, uma solidão que não é só da alma, mas também do corpo, que sinto desde pequena, os meus pais se separando, eu tirando cola seca das mãos da minha professora de alfabetização, eu caindo do beliche, eu tropeçando nos paralelepípedos da escola, eu segurando o choro na hora de levar os pontos no queixo para a minha professora não descobrir que sou fraca. Devia haver várias palavras para solidão, uma para cada tipo, sendo esta a mais profunda. Numa escala de zero a dez, quanto você está se sentindo sozinha? A solidão do corpo que sangra, do corpo que não quis um bebê, junto com a solidão da mulher que telefona para o homem que teria esse bebê com ela e ouve, Liga pra Rafa.

Liga pra Rafa. Liga pra Rafa. Liga pra Rafa. Liga pra Rafa. Liga pra Rafa. Liga pra Rafa. Liga pra Rafa. Liga pra Rafa. Liga pra Rafa. Liga pra Rafa. Liga pra Rafa. Liga pra Rafa. Liga pra Rafa. Liga pra Rafa. Liga pra Rafa. Liga pra Rafa. Liga pra Rafa. Liga pra Rafa.

Levei o telefone para o banheiro e fiz o que não havia feito naquele domingo: tirei uma foto do meu absorvente cheio de sangue, com um pedaço de alguma coisa sobre ele, e a enviei para G., o homem que àquela altura devia estar lanchando no Jardim Botânico. Um presente, escrevi sem ironia. Um fragmento de realidade é sempre um presente, uma forma simples e direta de se mostrar a verdade, e havia tanta verdade naquele absorvente cheio de sangue, tanta verdade naquele pedaço de alguma coisa.

95

06/03/1965

Querido Diário,

Sinto-me ainda estranha. Não consegui me refazer de todo. Minhas ideias estão confusas. O prof. Hugo não me sai da cabeça. O dia da minha chegada, ainda não consegui definir. O Experimental me envolve. Tenho medo do ano que agora vai começar. Não sei como o enfrentar.

07/03/1965

Querido Diário,

Fui na casa da Maria Luíza. Gosto muito dela. Medo. Nervoso. Estou com medo. Não me sinto forte o suficiente.

Helena

Sem data (folha avulsa)

A vida como tá, tá uma merda. Não dá para continuar. Estou achando sem sentido. Faculdade? Trabalho? Algo que vá acarretar uma modificação na minha vida. Não sei bem o que farei. Não planejei quanto a isso. Depois, o que é pior, esta vida individual, sem objetivo, está cansando. É como se todas as portas estivessem fechadas. Problema de classe. Certo?

Hoje pensei nele. No que a gente não fez. Na minha neurose. No pouco que tenho progredido recentemente — digo na prática, não na minha cabeça. No meu infantilismo emocional. De como só agora começo a beirar os problemas.

Tenho tudo para ser, mas não sou feliz. Não, não quero ser. Não posso. Terei de viver a vida inteira assim?

96

Meu corpo ainda sangra, pouco, mas sangra. E essa coisa fácil que é fazer um aborto começa a se complicar em mim, ganhando uma forma difusa, incerta, melancólica. Deitado na cama, G. diz que não dá mais, precisamos parar, cortar, interromper. Um filho, mesmo que abortado, é um dado concreto, palpável. Mostra para ele o quanto a nossa relação tem de real. E isso o assusta. Então ele sai, escapa. Bem no momento em que estou mais frágil (ele mesmo dirá que aquele sangue todo o repeliu). Eu agora não sou, nem serei nos próximos meses, aquela mulher forte, resiliente. Vou cair bem fundo, vou ser fraca, impaciente com meus filhos, vou ter muitas insônias e enxaquecas. Tudo começa quando desperto de madrugada e caio num choro descontrolado. Ele acorda e me consola. Ele adora me consolar. Ele me mostra como tenho uma vida melhor do que a sua, como sou mais descolada, viajada, amada, e por fim me diz que há muitos homens melhores do que ele, certamente vou me apaixonar em breve e esquecê-lo. Enquanto as minhas lágrimas correm, entre os elogios e a falta absoluta, fazemos sexo, e me assusto com a minha facilidade em gozar no meio de tanta violência.

No próximo mês, tudo ficará mais violento, e nas vezes em que fizermos sexo vou gozar cada vez com mais facilidade. Quando a minha amiga M.H. me perguntar se estou desistindo de romper essa relação, não vou mentir ao dizer que não, mas não direi a verdade quando me justificar, Fomos longe demais na dor. Quando ler a cena da piscina, M.H. vai me dizer que sempre se pergunta se as mulheres são complacentes porque é o que lhes resta ou porque estão identificadas com as novas mulheres que nascem.

97

Será que foi porque eu contei o assédio do meu padrasto para o G. que a nossa história não deu certo? Será que isso é mesmo uma praga que afasta os homens, todos eles?

98

Não sei se eu já sabia que a minha mãe tinha feito um aborto clandestino quando vi a Miriam Cordeiro na televisão acusando o Lula de lhe ter oferecido dinheiro para abortar. Provavelmente eu soube alguns anos depois, já adolescente. Ela o disse com naturalidade, mas não sem parcimônia. Não havia qualquer orgulho no relato. Uma falha do diafragma levara à gravidez indesejada. Ela era jovem, o relacionamento não era sério, ela quis tirar. Não era um direito seu, porque no Brasil o aborto não é nem nunca foi um direito. Lá em casa, as coisas eram faladas num tom que fazia com que nada parecesse categórico demais nem solto demais. Da sua experiência, entendi que deveríamos poder mandar no nosso corpo, mas que fazer um aborto não era assim tão simples, muito menos num país que não o permite; portanto, mais valia ser cuidadosa.

Escrevo isso e penso: de fato, lá em casa, era tudo falado. Lá em casa, como na casa do meu pai, como na casa dos amigos dos meus pais, as conversas eram abertas e corriam soltas, enquanto as crianças circulavam e ouviam tudo: sobre sexo, política, sobre o passado contra a ditadura, as perseguições, as prisões, as torturas (aos dez anos, eu sabia perfeitamente o que era um pau de arara e que os torturadores davam choques elétricos nos prisioneiros políticos para que entregassem seus companheiros), sobre drogas, sobre a aids, que se espalhava. Eu ia crescendo e mais coisas iam sendo ditas. Mas havia um acontecimento sobre o qual a minha mãe, que falava sobre tudo, nunca falava: o estupro que havia sofrido quando eu tinha quatro anos.

Ela estava saindo de casa na sua Brasília vermelha, o trinco da porta aberto, quando dois homens armados entraram no carro. Um deles tomou a direção, o outro se sentou no banco de trás com ela. Seguiram rumo à zona oeste, e quando estavam numa região mais deserta o homem sentado atrás abriu a calça, pôs o pau para fora e exigiu que a minha mãe o chupasse. Antes disso, abriu a carteira dela e tirou lá de dentro duas fotografias, uma minha, outra da minha irmã, e a ameaçou, Se você quiser voltar a ver as tuas filhas, vai ter que fazer tudo o que eu mandar. Enquanto a minha mãe o chupava, ele passava a mão nos seus peitos e dizia que adorava mulher sem sutiã.

No fim, eles a largaram num terreno baldio em Jacarepaguá. Em casa, ela lavou a boca com água sanitária. Nos dias que se seguiram, um dos homens rondou o prédio onde morávamos e terminou preso. A polícia disse ao meu pai que se ele quisesse eles dariam um jeito no agressor na cadeia, mas meu pai não quis. Anos mais tarde, minha mãe estava numa filmagem e o encontrou trabalhando na parte técnica.

Ela me falou disso uma única vez, numa conversa casual, e nunca mais tocou no assunto. Nunca contou à minha irmã, deixando para mim essa decisão, que tomei alguns anos depois da sua morte. Achei que, se ela tivesse vivido mais tempo, também lhe teria contado. Achei, sobretudo, que a Dina tinha o direito de conhecer a sua história, porque a história da nossa mãe, como a história das nossas avós e a das nossas bisavós, também é a nossa.

99

Sobre o que é o livro, afinal?, me pergunta G. As respostas costumam variar. Hoje eu diria: sobre o sangue que sai da minha boceta, de todas as nossas bocetas. O sangue da primeira menstruação, do parto, do aborto, da violência sexual. O sangue com o qual lidamos tantas vezes ao longo da vida e do qual vocês têm tanta repulsa.

Então, penso: há tanto sangue na literatura, tanto sangue no cinema, mas é dos assassinatos, das guerras; às vezes, das doenças; nunca o que escorre pelas nossas pernas. Por que nos ensinam a ter nojo desse sangue, enquanto somos expostas a tantos outros?

100

No dia 17 de maio de 2005, às 8h47, escrevi um e-mail ao meu antigo padrasto:

Oi,

tudo bem com vc?
vi q vc vem a Paris esta semana... estou morando aqui. Poderíamos nos encontrar se vc tiver tempo...
beijo
tati

Pouco tempo depois, às 10h33, ele me respondeu:

Oi, Tati,
Vamos nos ver, sim. Estarei no Hotel Esprit Saint Germain, tel 01 44 71 20 80, a partir do dia 19. Qual o seu tel?
beijos

Isso aconteceu menos de um mês depois de eu ter enterrado, num parque distante, fora da cidade, a carta que Eve havia sugerido que eu escrevesse a minha mãe. Por cima da carta, na qual eu lhe contava tudo o que não lhe contara em vida, plantei uma roseira. Fiz meu ato de psicomagia de forma apressada, sem a tranquilidade que a ocasião demandava, receosa de que um francês viesse reclamar que não se podem enterrar papéis, muito menos plantar árvores, num jardim público. Cavei a terra na maior velocidade possível e só me senti aliviada quando entrei no RER, de regresso a casa.

Passadas algumas estações, comecei a me questionar sobre o que eu tinha acabado de fazer. Para que escrever uma carta para uma pessoa morta e enterrá-la nos arredores de Paris? Para aliviar a minha culpa? Para me convencer de que não tenho culpa?

(Quase vinte anos depois, eu me pergunto: e se em vez de publicar este livro eu o enterrasse em outro jardim? Teria coragem de fazê-lo? Ou quero ser lida? Quero que outras pessoas saibam o que aconteceu comigo? Afinal, o que pode fazer com que a cena da piscina, e tudo o que veio depois, pare de me perseguir: escrever ou dar a ler? Pensando bem, escrever e enterrar não seria o mesmo que escrever no diário e trancá-lo? Não é disso que tenho falado até aqui — da exposição como uma escrita que sai de si na direção do outro?)

Depois de uma hora no metrô, deitada na cama que ocupava o meu apartamento quase inteiro, me senti tomada pela sensação de que não havia nada a fazer, qualquer ato apenas reforçaria que era tarde demais, o tempo já tinha passado, eu não tinha contado a minha mãe e nada poderia reverter esse acontecimento. Não seria um jogo de tarô. Nem a carta a um fantasma. Nenhuma tentativa de driblar meu cérebro no local onde ficam guardadas as tristezas, as mágoas e as culpas teria resultado.

Não sei quanto tempo fiquei ali, tentando me consolar da certeza que me puxava para um lugar muito fundo: eu seria para sempre uma menina assediada pelo padrasto. Eu seria para sempre uma mulher que não contou à mãe ter sido assediada pelo padrasto. O incontornável era *mesmo* incontornável. Nada a fazer. Nem o mago do tarô, nem a sua discípula, nem a psicanálise, nem a literatura fariam com que eu deixasse de ser essa menina, essa mulher.

Algumas semanas depois, quando descobri que ele estaria na cidade para uma mostra de filmes seus, achei que era um sinal. Ter escrito a carta para a terra jamais seria suficiente, mas que ele aparecesse menos de um mês depois talvez fosse resultado da magia. Talvez, pensei naquela altura, o ato tivesse aberto caminho para eu fazer a única coisa que ainda me era possível: falar com ele. Que ao menos ele não morresse sem me ouvir. Telefonei para Eve para saber sua opinião, e ela foi peremptória, Vai. Havia muita firmeza na sua voz. E também raiva.

Na véspera do nosso encontro, mal consegui dormir. Dormia, acordava, dormia, acordava, num sono intranquilo. De madrugada, tomei um remédio para enxaqueca e fiquei esperando a dor passar, mas às nove da manhã ela persistia e repeti a dose. Fui até a padaria, comprei meia baguete, que levei para comer em casa, com manteiga. Naquela época, eu não tomava café, mas achei melhor tomar um com leite antes de sair. Eu precisava estar atenta, me concentrar.

As perguntas me dispersavam: será que vou conseguir falar? O que exatamente vou falar? Como vou falar? E se na hora eu não conseguir? E se ele tentar de novo, agora que a minha mãe está morta? Cancelo o encontro? Deixo-o à espera, como se a espera fossem as palavras? Se eu não for até lá e não me explicar, estarei dizendo alguma coisa? Ou só é possível dizer com a presença, o meu corpo diante do seu, os meus olhos nos olhos dele, as palavras pronunciadas em voz nítida?

O tempo demorava a passar. Decidi tomar um banho e ir caminhando da République, onde eu morava, até o restaurante, onde eu estivera uma vez com a minha mãe e aonde eles iam sempre que estavam juntos em Paris: L'Ecluse, que significa "a fechadura". Bati a porta de casa e atravessei o quintal do prédio, calmo, silencioso, em contraste com o resto da cidade. Foi então que comecei a reparar nos detalhes, nas flores que coloriam o jardim naquela primavera, nos caixotes do lixo encostados num canto, na pintura das paredes descascando, nas janelas desiguais, nos apartamentos com tamanhos diferentes, na porta de madeira, grande, pesada, que separava o quintal da rua.

Eu tinha acabado de ler *Do lado de Swann*, o primeiro volume de *Em busca do tempo perdido*, e desde então andava obcecada por detalhes, por tudo o que envolvia uma cena. Atravessei da margem direita à margem esquerda do Sena com os olhos bem abertos, atenta a tudo o que era pequeno. Não queria que nada escapasse. Eu precisava estar na cidade de corpo inteiro se quisesse atirar a verdade sobre meu padrasto.

O jogo se tornou uma pequena obsessão: eu só falaria se prestasse atenção a tudo ao meu redor, e isso só seria possível se em nenhum momento eu me distraísse nem deixasse um detalhe escapar.

Mas os detalhes numa cidade como Paris nunca acabam: os ônibus na faixa da direita, os carros, as motos, as scooters, as bicicletas, as pessoas apressadas de um lado para outro, as árvores — as floridas e as verdejantes —, as lojas de roupa, as farmácias, as livrarias, os cafés, as padarias, os cães, as crianças, as igrejas, os prédios antigos, os ônibus repletos de turistas, as hordas de turistas caminhando pela rua, perto do Pompidou, então, nem se fala, e também nos Halles, e em quase todo lado. E há ainda as roupas de cada pessoa, as bolsas e sacolas que carregam, os pássaros que visitam a cidade na primavera, insetos sempre há, nem que sejam formigas subindo as árvores, e há vozes, há conversas, palavras que as pessoas se dizem, que eu escutava aqui e ali enquanto me perguntava, Serei capaz de falar?

Quando cheguei ao Quai Saint-Michel, o sol me queimou a vista. Lembro dessa sensação, os olhos se fechando para se proteger, e de repente aquela proliferação de detalhes desapareceu nos círculos que invadiam meus olhos fechados. Baixei o rosto para abri-los novamente e ao olhar para o rio percebi que a água transcorria com violência, as ondas batendo sobre o muro, um tom que oscilava entre o marrom, o verde e o cinza. Como eu iria fazer para prestar atenção em todas as barracas de livros usados, nas gravuras, nos cartões-postais vendidos à beira do Sena?

Pare com isso, eu me disse. Pare com essas estratégias. Primeiro, as histórias acontecem. Depois, você inventa os detalhes. Agora você vai lá, vai falar tudo o que ficou preso esses anos todos. E se ele negar? Se ele negar, você afirma de novo. E se ele negar de novo? Aí você diz que tem testemunhas. Que as pessoas sabem, e ele nada poderá fazer contra a verdade. E se ele se defender? Aí você entrega os detalhes, que não foram inventados, porque quando dói, quando machuca, eles saltam da paisagem e se instalam na nossa cabeça. Não se tornam apenas memória, mas passam, eles próprios, a habitar a nossa mente. É por isso que as libélulas que rondavam a piscina vivem dentro de mim. É por isso que os versos 146-149 da *Ilíada* vivem dentro de mim:

As gerações dos mortais assemelham-se às folhas das árvores,
que, umas, os ventos atiram no solo, sem vida; outras, brotam
na primavera, de novo, por toda a floresta viçosa.
Desaparecem ou nascem os homens da mesma maneira.

Eu ia dizer o desenho, mas o desenho não é um detalhe. É a imagem inteira.

Perdida nessa conversa comigo, me dei conta de que eu estava quinze minutos atrasada, e ainda não avistara o restaurante. Confirmei no mapa o endereço e fui a passos velozes até ver à minha frente o toldo azul, no qual se lia L'Ecluse, um restaurante pequeno, antigo cabaré, simpático, o típico bistrô parisiense. À porta, parei por uns instantes, esperei as batidas do coração amainarem, o vento refrescar meu pescoço, levemente suado. Será que ele já tinha chegado?

Não sei se sou capaz, pensei.

No trajeto até lá, eu havia ensaiado mentalmente o que iria falar quando ele estivesse à minha frente, numa mesa de dois lugares, num ambiente sossegado, polido, respeitoso. Como eu iria dizer o que tinha para lhe dizer ao mesmo tempo que escolhia se vinho tinto ou branco, se carne ou peixe, Quer uma entrada? De repente, o garçom apareceu do lado de fora, me perguntou com seriedade e desdém se podia me ajudar, e foi diante da sua antipatia que eu tive a certeza de que jamais conseguiria falar.

Estiquei o braço, o dedo apontando na direção do meu padrasto, agora meu ex-padrasto, que me acenava e me recebia com um largo sorriso.

O meu padrasto, ou ex-padrasto, era conhecido pelos largos sorrisos.

Pela simpatia.

Pela doçura

Tinha muitos amigos.

Chamava-os, a todos, de *cariño*, com um sotaque entre o portenho e o gaúcho (ele havia saído de Porto Alegre para o Rio de Janeiro na adolescência).

O meu padrasto, ou ex-padrasto, não gostava de conflitos.

Ele era um *cara legal.*

Mas na intimidade ninguém é tão legal assim.

Criança, eu me irritava por ele se recusar a colocar um aparelho auditivo, nos obrigando a gritar para que pudesse entender. Foi nisso que pensei quando olhei para o seu sorriso: vou ter que gritar. Se eu não gritar, ele não vai me ouvir.

O restaurante estava vazio. Além de nós, havia uma única senhora, terminando a sobremesa. Ele se levantou, o sorriso que não saía do rosto, me chamou de *cariño*, me deixando inquieta, me deu dois beijinhos, passou a mão no meu cabelo enquanto perguntava se eu estava bem.

Na mesa, havia uma garrafa de vinho tinto aberta e duas taças. Assim que sentei ele me serviu. Era a primeira vez que bebíamos juntos. Era estranho, mas a normalidade estava fora daquela mesa, e pensei que um pouco de álcool talvez me ajudasse — a dizer as coisas ou se eu não as dissesse.

Optamos pelo menu de almoço. Ele, de peixe; eu, de carne. De entrada, um folheado de queijo de cabra com pistache e mel. Sem sobremesa, apenas café.

Enquanto aguardávamos a comida, ele tentava, falando sobre Paris e o restaurante, descontrair a formalidade que havia se instaurado entre nós. Havíamos nos encontrado apenas duas vezes depois da morte da minha mãe. Uma no Sheloshim, no qual falaram vários amigos dela, inclusive ele.

A outra foi em algum momento entre 1999 e 2004, não sei precisar quando. Ele me convidou para elaborar o *press book* do seu filme mais recente, um trabalho que a minha mãe fazia para vários diretores brasileiros. Eu deveria entrevistar as pessoas envolvidas com o filme e escrever os textos que seriam distribuídos para a imprensa. Hesitei. Eu não queria vê-lo. Ao mesmo tempo, era a oportunidade de fazer um trabalho que a minha mãe fazia mais velha, quando eu ainda estava começando a vida profissional — e com um cineasta renomado.

Eu realizaria as entrevistas sozinha. Escreveria sozinha. Mandaria o material por e-mail. Conversaria com ele pelo telefone.

Hoje, sinto dificuldade em olhar para aquela jovem e admitir que aceitei. Por mais que tenha hesitado, não consegui recusar. Queria uma resposta, mas não a encontro.

Eu queria fazer o trabalho da minha mãe?

Eu queria ser a minha mãe?

Eu queria poder dizer que trabalhei para um cineasta revolucionário e renomado?

Eu queria estar envolvida naquele projeto específico, que me obrigaria a entrevistar pessoas interessantes?

Eu queria fingir que nada tinha acontecido?

Apagar o que tinha acontecido?

Lembro da indecisão, de não ter dado uma resposta imediata quando ele me convidou. E lembro, sobretudo, de ter tido muito medo quando fui me reunir com ele no centro da cidade. Mais do que no almoço no L'Ecluse, eu me sentia constrangida. Havia outras pessoas no escritório, mas não na sala onde estávamos. Passei a reunião inteira com receio de que ele tentasse me tocar. Nada aconteceu, e saí de lá aliviada mas também nervosa, caminhando pelas ruas tumultuadas, me perguntando se aquilo não faria de mim uma mulher covarde. Se aquilo daria a ele alguma legitimidade.

Depois dessa reunião, nunca mais nos vimos, até o almoço em Paris.

O folheado chegou, crocante, se despedaçava toda vez que eu tentava cortá-lo. Será que ele percebeu que estou nervosa, me perguntei enquanto ele voltava a me servir vinho. Eu tentava responder às suas perguntas da forma mais sistemática possível, sem qualquer emoção: vim com uma bolsa-sanduíche, terminar meu doutorado. Cheguei no ano passado, em novembro. Na Paris 3, Sorbonne-Nouvelle. A Dina está bem, sim, também está morando aqui. Quando ele me perguntou, Por que ela não veio?, quase falei, gaguejei, eu não tinha uma resposta que não fosse a verdade; ele percebeu, só pode ter percebido a minha falta de resposta, mas o garçom retirando os pratos da entrada para trazer os principais nos salvou daquela situação.

Pela primeira vez nos olhamos sem pronunciar qualquer palavra. Ele usava uma camisa azul-clara de manga curta, de linho, os botões brancos; o pouco de cabelo que tinha, nas laterais, devia ter sido cortado dias antes da viagem; o rosto estava ligeiramente mais envelhecido e a barriga empurrava a mesa na minha direção. Meu olhar deslizava solto, e foi assim que de relance me dei conta de que ele usava aparelho auditivo; olhei para o outro lado, era só em um, mas foi o suficiente, eu tinha falado num tom quase baixo e ele tinha me ouvido.

Foi isso, sem dúvida, foi a visão do aparelho que me fez começar a falar. A primeira frase saiu com a velocidade de um dardo em direção ao alvo. Eu a havia segurado tanto tempo, reprimido tanto tempo, escondido tanto tempo, que quando a frase saiu foi como se o meu próprio corpo a expulsasse da minha barriga, do ventre onde carrego a minha mãe e onde um dia carregaria os meus filhos. Quando me dei conta, já tinha falado,

Você me fez muito mal.

O olhar na direção do prato logo depois de ter dito, olhando para ele, Você me fez muito mal.

Quanto tempo cabe em três segundos? Não demorou mais do que isso para ouvir a sua resposta, mas naqueles três segundos em quantas coisas eu pensei? Quantas memórias eu tive? Quanto medo eu senti? Quanto alívio? Quanta coragem? Quantas vezes me transformei?

No caminho para lá, ora eu pensava em lançar a verdade assim que entrasse no restaurante — sem dar tempo para conversas banais, muito menos para afetos, cordialidade, qualquer situação que me deixasse envergonhada por ter ido ao encontro para acertar as contas do passado —, ora eu concluía que a melhor estratégia seria deixar para o fim. Nomear o mal e sair correndo.

A resposta dele me desestabilizou.

Eu sei, ele disse.

E ainda repetiu, Eu sei.

Desta vez, mais baixo, a voz enfraquecida, como se aquele *Eu sei* o deixasse doente, como se aquele *Eu sei* fosse uma derrota para ele.

Ergui a cabeça novamente, evitando que nossos olhares se cruzassem.

A sua resposta, tão concisa, tão tranquila, tão segura, me deu a certeza de que ele sabia que eu queria encontrá-lo para pôr as cartas na mesa, e também ele estava lá para isso. Era um alívio ele não ter me chamado de louca, não ter dito que eu tinha interpretado mal, poder continuar falando sem ter que me defender. E continuei, Por que você fez aquilo? Como você pôde fazer aquilo? Comigo, com a minha mãe. Você sabe, mas você não sabe, eu disse, o mal que você me fez.

Eu sei, ele repetiu. E continuou repetindo, Eu sei, a cada frase que eu concluía,

Eu sei.

Eu sei.

Eu sei.

Eu sei.

E a cada Eu sei eu retrucava, Você não sabe, e seguia listando o que ele havia feito: a minha mãe doente, e você dando em cima de mim; eu era uma menina, e você dando em cima de mim; você me conhecia desde os cinco anos, e você dando em cima de mim; você era o meu padrasto, e você dando em cima de mim, e nesse momento, quando ele disse Eu sei pela última vez, eu inquiri, Se sabia, então por que fez? Você realmente achava que eu iria sair com você? Tirar fotos com você?

Um silêncio desconcertante, até ele se pronunciar,

Eu me apaixonei.

A sua resposta fez tremer a minha postura firme, decidida, fechando a porta que tinha aberto. Estagnei. Senti um embrulho na barriga, uma vontade de vomitar. Eu nunca poderia imaginar que ele fosse me dizer isso, não essa frase, que não tinha nada a ver com o que eu vivera, uma explicação na qual eu nunca pensara e que não tornava nada mais bonito. Perdi a palavra, meu corpo se contraiu, minhas costas curvaram, e senti a culpa surgir com um impacto avassalador bem no centro do peito. Foi tudo bastante rápido, ele deve ter retomado o discurso alguns segundos depois, mas tanta coisa me veio à mente naqueles segundos,

Então não era perversão?

Então não era maldade?

Então era paixão?

Era amor?

O namorado, amante, o homem por quem a minha mãe tinha sido tão apaixonada, o homem que, até onde sei, tinha sido tão apaixonado pela minha mãe, também tinha se apaixonado por mim? E se ele tivesse dito para a minha mãe, Estou apaixonado pela tua filha? E se eu tivesse dito para a minha mãe, Ele está apaixonado por mim?

Aliviaria alguma coisa?

Era isso que ele queria?

Explicar, justificar?

Sair do lugar do vilão para o do bom moço, vítima de uma força maior?

Ele continuou. Ele tinha muita vontade de falar.

Disse que aquilo o assustava, o atormentava, porque afinal, quando ouvia essas histórias de padrastos que abusam de enteadas, de pais, primos, avôs que abusam de meninas, essas histórias que saem nos jornais, ele disse, Eu sempre tive tanto nojo, e de repente era eu que estava nesse lugar, e isso não podia ser, como podia ser? Mas aí, ele continuou, Contei para uma amiga psicóloga, e ela me disse que não havia mal em estar apaixonado.

E naquele momento eu odiei aquela amiga psicóloga, de cuja existência eu duvidaria no futuro, talvez apenas uma personagem da história dele? E me perguntei se a amiga psicóloga sabia que quando eu era criança ele frequentava a minha casa como namorado da minha mãe. Por um instante me dispersei, levada para o apartamento de Laranjeiras, visualizei-o sentado na cabeceira, sorrindo, um pote de dois litros de sorvete Kibon quase vazio em cima da mesa, a minha mãe sentada à sua esquerda, eu e a Dina correndo em volta dele, brincando com ele, subindo em seus joelhos, furando a sua barriga com os nossos dedos. A minha mãe já nos tinha mandado para a cama várias vezes, mas ele nos protegia, Deixa, deixa, num discurso contra as regras e as proibições, enquanto eu e a Dina acabávamos o sorvete, a colher diretamente no pote, as bocas e as mãos lambuzadas, e de repente eu e ela começamos a brigar, uma acusando a outra de ter comido mais, ela correndo atrás de mim em volta da mesa. Apesar de mais nova, ela era mais forte, e quando enfim me apanhou nós começamos a nos chutar e bater, e de repente o tapete turco do nosso avô estava todo sujo de sorvete de creme, e a minha mãe se levantou, irritada, um grito após o outro, exigindo que fôssemos logo para o quarto, e o meu padrasto repetindo, São só crianças, só crianças...

Vinte anos depois, ele queria falar, e foi a voz dele, rouca, que me trouxe de volta ao presente. Então ele disse que a amiga psicóloga havia observado que o amor impulsiona, a paixão nos dá vida. Eu me sentia tão vivo, ele disse. Comecei a nadar, a caminhar, sentia uma energia nova.

"E, em seguida, o astuto cortejador pronunciou a frase mais sagaz, ao asseverar que aquele que ama é mais divino do que o amado, uma vez que no primeiro está o deus, mas no segundo, não", diz o narrador de *A morte em Veneza*, em referência a *Fedro*.

Era como se ele quisesse se justificar com Thomas Mann e Platão, mas citando a amiga psicóloga.

Ele estava apaixonado. Aquilo era bom. Muito bom. Ele se sentia forte. Muito forte. Vigoroso. Rejuvenescido. Potente. Homem. Muito homem. Vivo. Muito vivo.

Enquanto a minha mãe adoecia.

Enquanto a minha mãe morria.

Enquanto um segredo nos separava, nos afastava.

Enquanto um segredo nos unia, nos confundia.

Enquanto nascia em mim a culpa. O tormento. A dor.

Mas aquele que ama é mais divino do que o amado.

Ele só queria me confirmar que tinha consciência de me ter feito mal e, ao mesmo tempo, me anunciar que eu lhe tinha feito bem. Eu, mas não *eu* propriamente — *eu*, mas o deus Eros.

Alguns anos depois da morte da minha mãe e da morte da mulher dele, que tinham se dado com um intervalo de apenas três meses, finalmente ele tinha feito um balanço da vida e queria me pedir perdão, como tinha pedido ao filho mais novo, pelo mal que lhe causara. O filho aceitara, porque é sempre bom ser acolhido por uma família, mas eu... por que iria perdoá-lo? Só porque ele estava me pedindo, Me perdoa?

Sem responder, eu lhe disse que nunca tinha conseguido contar à minha mãe e me sentia sufocada por esse silêncio. Apontando para o céu, ele me disse que tinha conversado com ela, e ela o tinha perdoado. Não me lembro o que respondi, como reagi, mas por dentro pensei, com o tempo que foi passando, que as pessoas contam as histórias à sua maneira para não se deparar com a verdade, e me dizer que tinha conversado com o fantasma da minha mãe e que, depois de morta, ela o havia perdoado, era uma forma muito rasa de fugir de si mesmo.

O que nunca consegui perdoar foi o meu perdão. Ele insistiu, e eu terminei por balançar a cabeça afirmativamente, mesmo sabendo que não, que eu nunca o perdoaria, não havia perdão possível. Mas eu tinha ido até lá, ele tinha assumido a culpa, não consegui dizer, Jamais.

Nos despedimos e fui caminhando até o ponto de ônibus. Sentia um grande alívio por ter falado. De repente, meu telefone tocou. Era ele, me dizendo que ao longo dos anos me escrevera muitas cartas. Queria saber se eu as queria. Que ele estivesse me telefonando para saber se eu desejava as cartas que ele tinha escrito para mim, não para a minha mãe, era um sinal de que, se nosso encontro tinha sido um duelo, eu havia saído derrotada. Então eu disse, num tom de voz mais elevado e trêmulo, Não. O *não* que não havia sido pronunciado antes agora era manifesto com uma enorme certeza, Não, não quero essas cartas, por que eu iria querê-las, joga fora, queima essas cartas. Ele não insistiu, e desligamos.

O que, depois disso, ele fez com as cartas, não sei. Mas pensei nelas muitas vezes. O que ele teria escrito? Se eu as tivesse aceitado, ele realmente as teria me dado? Será que as queimou? Jogou-as fora? Quantas eram? Será que ainda existem no meio de papéis e caixas que resistiram à sua morte? E mais: será que realmente existiram? Se não, qual o sentido de uma invenção como essa?

Confesso que, quando comecei a escrever este livro, pensei que seria bom tê-las comigo — uma prova material, além da prova do testemunho, da palavra, da memória. Elas ficariam bem, se coladas exatamente aqui, depois da nossa conversa. Mas também me perguntei se, nesse caso, valeria a dor. Porque sei que se as tivesse lido as palavras ali escritas teriam saído do papel e grudado na minha cabeça, como as libélulas, os versos da *Ilíada* e o desenho.

Essa vontade — de ler as cartas, de tê-las em meu poder —, eu a senti no ponto de ônibus em Paris. Por alguns segundos, oscilei internamente. Não gaguejei, não demonstrei dúvida. Mas por um espaço de tempo muito curto pensei, sim, em aceitá-las. Curiosidade. Vaidade? Não sei. Só sei que uma resposta afirmativa me atravessou numa velocidade muito rápida e logo esvaneceu — pois, quando sinto que estou indo longe demais na dor só para ter uma boa história, sou tomada por uma mulher mais velha, mais sábia e responsável, que me sussurra ao ouvido, Tanto, não.

101

Outras perguntas, que me fiz menos vezes: por que ele quis me dar essas cartas? O que ele ganharia com isso? Teria ainda a ilusão, o desejo, a perversão de me seduzir? Sabia ele que o que eu queria fazer da vida era escrever? Queria ele que eu escrevesse sobre essas cartas? Que as reproduzisse? Que as revelasse? Era isso que ele queria? Ser inscrito, povoando a minha escrita com as suas cartas, o meu corpo com as suas cartas, suas nojentas palavras de amor?

102

A violência faz o quê com tudo que ele representava na minha vida antes da violência? Faz o quê com os momentos alegres que vivemos juntos, em família? Faz o quê com a história dele com a minha mãe? Faz o quê com a minha memória? Com a minha história? Anula tudo?

E se eu perguntasse o contrário: o que os momentos alegres que vivemos juntos, em família, fazem com a violência? O que aqueles momentos fazem com a memória que eu tenho da violência?

103

Demoro para entender o comentário da psicóloga da maternidade, Você marcou a sua consulta muito perto do procedimento, devia ter marcado com uma distância maior; no fim, ela disse que se eu precisasse voltar, era só telefonar, mas eu não iria precisar, pensei, se estou bem agora, daqui a umas semanas estarei ainda melhor. Com o tempo, me dou conta de que o mais violento do aborto não foi o aborto em si. Foi o G., e todas as verdades que ele decidiu expor enquanto meu corpo passava por uma revolução hormonal que incluía sangramento, enxaquecas, crises de choro. Quando pedi para ele guardar seus sentimentos no bolso durante um tempo, para me deixar ser a protagonista durante uns dias, umas semanas, ele disse que não conseguia. Ele, que gosta tanto de se controlar, não podia controlar o que estava sentindo. Talvez seja tudo isso um grande egoísmo, ou uma das tais prisões em que nós mesmos nos colocamos, mas vai muito fundo dentro do que eu sou, ele me escreveu. Gostava muito que compreendesses isso, continuou. Em seguida, concluiu que dizia aquilo sem qualquer rispidez, dizia aquilo aflito com a possibilidade de me deixar triste, e o dizia para me dar conta das suas necessidades mais fundas. Quase tive pena do G. Quase pus meus sentimentos no bolso para acolher os dele. Mas achei melhor escrever.

104

Tenho um sonho recorrente com a minha mãe: a gente se reencontra e eu descubro que ela não morreu. Ela simplesmente fugiu. Foi por escolha própria que se afastou de mim, da minha irmã, das pessoas. Esses anos todos, ela estava viva, mas em outro lugar. Até que um dia resolve reaparecer e fica claro que não se arrepende. Não só faria tudo de novo, como também quer manter distância. Sou tomada por sentimentos ambíguos: fico feliz por revê-la; fico angustiada, porque afinal não era inevitável. Eu podia ter passado a vida ao seu lado, mas ela não quis. Quando acordo, os sentimentos também são ambíguos: um alívio por ela não ter me abandonado; uma tristeza por não ter voltado.

105

Escrevo para G.: Terceira menstruação depois do aborto e continuam saindo pedaços de coisas de dentro de mim. Fico triste. De uma tristeza informe. Porque não é assim: Ah, eu devia, podia ou queria ter tido esse filho. Tenho certeza de que não. Mas com o sangue vem uma tristeza junto, a realização de uma perda.

Ele não me responde.

106

Quando termina uma separação?
Quando termina um luto?
Quando termina um assédio?
Quando termina um aborto?
Quando termina um amor?
Quando termina um livro?

107

Depois de passar anos escrevendo sobre política internacional, minha mãe se voltou para o cinema. Escrevia críticas para jornais, fez os depoimentos da série *90 anos de cinema: uma aventura brasileira*, da antiga Manchete, um livro com o mesmo nome, escreveu a biografia do Nelson Pereira dos Santos e a do Leon Hirszman e, com Jorge Bodanzky, fez o filme *Igreja dos oprimidos*, sobre a teologia da libertação na região do rio Araguaia. Se alguém começasse a falar mal do cinema brasileiro — atitude muito comum nas décadas de 1980 e 1990 —, era a primeira a defendê-lo.

Iniciou-nos desde cedo na sua paixão, sobretudo depois de ter comprado o primeiro videocassete. Criança, assisti dezenas de vezes a *O cavalinho azul*, *A dança dos bonecos*, *A marvada carne*, *A velha a fiar*, *O Saci*. Na adolescência, ela nos apresentou a Glauber Rocha, Nelson Pereira dos Santos, Joaquim Pedro de Andrade, Mário Peixoto, Walter Lima Jr., Cacá Diegues, Leon Hirszman, Lucia Murat, entre outros. Vivemos com sofrimento a extinção da Embrafilme em 1990, pelo Programa Nacional de Desestatização, do governo Fernando Collor de Mello; e com entusiasmo o início da retomada da produção.

Escrevendo este livro, me lembrei de um filme a que assisti bem no início da minha adolescência, e que lá em casa era considerado péssimo: *A menina do lado*, de Alberto Salvá.

Mauro, vivido por Reginaldo Faria, é um jornalista de meia-idade que aluga uma casa em Búzios para escrever um livro.

Alice, interpretada por Flávia Monteiro, é uma menina de catorze anos que passa os dias sozinha na casa ao lado. Ela se apaixona e seduz o jornalista, que, além de beirar os cinquenta anos, é casado e tem dois filhos mais velhos do que ela. Mauro acaba cedendo, e eles vivem uma paixão bastante comum no nosso imaginário — nos filmes, nos livros, mas também na realidade — entre uma adolescente e um homem muito mais velho.

O filme gerou algumas polêmicas, mas muito menos do que geraria hoje.

Foi agraciado com dois Kikitos em Gramado — de melhor ator, para Reginaldo Faria, e de melhor atriz coadjuvante, para Flávia Monteiro (que de coadjuvante não tem nada).

Recebeu dois prêmios no Festival de Natal: melhor roteiro e melhor trilha sonora.

Apesar de não ter sido considerado um bom filme pela minha mãe e por seus amigos, me lembro de não ter ficado tão incomodada. Me lembro até de me sentir excitada quando a Flávia Monteiro aparece de topless na praia. De me sentir excitada com a sua ousadia ao dar em cima de um homem mais velho e mais inteligente do que ela.

Eram essas as duas lembranças que eu tinha do filme quando decidi revê-lo.

Há um momento em que, ao observar Alice na praia, o personagem de Sérgio Mamberti comenta, "Eu também tenho um 'amigo'. Ricardo é o nome dele. É um pouquinho mais velho que a Alice. De vez em quando ele ensaia uma revoada, mas depois acaba ficando mais um pouco. Só sei que quando ele for embora eu vou sentir. Mas quem sabe essa não é a minha maneira de pôr filhos no mundo".

Quando a família de Mauro vem visitá-lo, Alice fica triste e comenta a respeito da mulher dele, "Ela é meio velha".

A namorada do filho do Mauro, uma menina com um pouco mais idade do que Alice, também o seduz.

Mauro é só um jornalista bem-sucedido que tenta escrever um livro enquanto adolescentes dão em cima dele.

Num jantar, quando Mauro diz que quer ter com ela uma conversa de adultos, Alice diz que não é uma pessoa adulta.

Mas a cena nos mostra que, embora não seja adulta, ela é histérica: tem crises de ciúme quando Mauro quer apenas escrever. Inventa que deu para o médico do posto de saúde enquanto Mauro a aguardava na sala de espera.

E o que ele faz? Levanta-se da cadeira e a espanca.

Chorando, com um dos seios para fora da blusa, ela diz, "É tudo mentira". Então eles se beijam loucamente e fazem sexo.

A histérica menina de catorze anos apanha e gosta.

Satisfação plena da fantasia de Mauro?

Quando Lourenço, interpretado por Adriano Reis, pergunta a Mauro, "Quer dizer que você está trepando com uma menina de catorze anos?", ele responde, "Não, eu estou apaixonado por uma menina de catorze anos", pondo bastante ênfase na palavra *apaixonado*.

A minha mãe se sentia culpada e responsável por eu começar a minha vida sexual com homens que tinham o dobro da minha idade. Por eu namorar um homem de trinta e oito quando eu tinha dezoito. Assistindo novamente ao filme, penso em tudo a que assisti e li, em tudo a que ela assistiu e leu — incluindo filmes e livros bons — e me pergunto se ela realmente deveria ter sentido essa culpa. Se era tão fácil assim sair desse círculo.

108

Em *Divórcio*, Rachel Cusk narra a separação do pai de suas duas filhas. Foi duramente criticada por se expor. Mulheres podem escrever sobre a sua vida, mas devem fazê-lo em segredo.

Mulheres, quando escrevem, são vingativas, dizem alguns homens. São raivosas.

Será que quero, com este livro, me vingar de G.?

Se escrevo sobre G. neste livro, significa que o comparo ao meu padrasto e assim vingo a minha dor?

Será que repito realmente a história da minha mãe na relação com G.?

Será que repito realmente a história da minha mãe com os homens em geral?

Será que o assédio do meu padrasto fundou a minha forma de me relacionar?

Será que a cena da piscina inaugurou em mim uma forma de desejar?

109

Quando deu entrada no hospital Johns Hopkins, um dos maiores do mundo e o mais bem cotado no ranking dos americanos, que adoram rankings, minha mãe tinha metade da visão de um olho, só não me lembro qual.

Cheguei com dois dias de atraso, depois de um périplo até Baltimore. No Rio de Janeiro, não me deixaram fazer check-in, alegando, ao contrário do que nos haviam informado por telefone, que passaporte português, assim como o brasileiro, precisava de visto para os Estados Unidos. O da minha mãe ainda era válido, e ela partiu sozinha, porque o oftalmologista nos tinha deixado claro que no Brasil não havia nada que se pudesse fazer para salvar o outro olho. O herpes-zóster já tinha cegado um deles de forma irreversível, e era preciso estancar o vírus. Então ela partiu sozinha, quase sem enxergar.

No dia seguinte, fui ao consulado americano e implorei por um visto, explicando o estado de saúde da minha mãe. A mulher que me atendeu não hesitou. Isso em 1999. A partir de 2001, seria impossível ter a mesma sorte.

Ainda consegui passar na casa da minha tia e me despedir. O câncer, que havia se espalhado pelos ossos e pelo cérebro, estava vencendo, e isso ficou óbvio para mim na pequena hora que passei no seu quarto, antes de ela entrar na ambulância para o hospital. As coisas que ela falava não faziam qualquer sentido, e entendi que havia poucas chances de eu revê-la.

O avião tinha escala em São Paulo. De São Paulo, eu iria para Washington e, de lá, para Baltimore, mas não saímos de Guarulhos. Dormi num hotel perto do aeroporto, aflitíssima por não poder fazer nada.

No dia seguinte, o avião atrasou tanto que só chegamos a Washington à meia-noite. Eu me lembro de fazer um escândalo, de gritar, de chorar quando fui informada de que só poderia seguir para Baltimore de manhã. Eu estava sozinha num aeroporto desconhecido, numa cidade desconhecida, àquela hora da noite, desesperada para encontrar minha mãe. O escândalo serviu para me darem um voucher, e com ele uma van para Baltimore.

Éramos eu e o motorista durante uma hora e meia numa estrada escura e vazia à uma da manhã. Naquela época, eu já sabia que a minha mãe tinha sido estuprada num carro e passei a viagem inteira pedindo ao universo para nada acontecer comigo, como tinha pedido, e ainda peço, tantas outras vezes.

Só a encontrei de manhã, e ela, a minha mãe, não me reconheceu. Nos catorze dias seguintes, fomos aprendendo a lidar com as enfermeiras, os médicos. Fomos refazendo o nosso mundo, numa intimidade nova, doída, mas bonita. Tão bonita que às vezes tenho saudades desses dias no hospital. Tenho saudades de ver a minha mãe dobrando as pessoas com seu afeto, como fez com o oftalmologista que a acompanhava. No princípio, ele era ríspido e distante, até que um dia, quando nos apercebemos, ele se preocupava com ela, fazia perguntas sobre a sua vida, ria do seu humor, demonstrava ternura. Quando eu ligasse para ele, da poltrona do escritório do meu pai, de onde telefonei para tanta gente, para anunciar a morte, ele se mostraria triste de verdade. Até me diria palavras doces, gentis.

Tenho saudades também de passar a tarde lendo para ela *As ligações perigosas*. De passar creme em seu corpo. Das nossas conversas. Do dia em que ela reconheceu na pequena televisão do quarto do hospital um jornalista que havia estado na guerra do Yom Kippur com ela e que agora era âncora.

Só não tenho saudades da angústia daquela batalha. O médico nos tinha dado pouquíssima esperança, e a cada dia que passava ela perdia um pouco mais da sua capacidade de enxergar; até que, duas semanas depois, completamente cega, ele nos disse, derrotado, que era melhor voltarmos para casa.

Meia hora antes de deixar o hospital, empurrando minha mãe numa cadeira de rodas, fui até o escritório do irmão do cunhado dela, que era médico lá e que tinha acabado de chegar do Brasil. Toda gente havia mentido para nós duas naqueles dias, nos quais perguntávamos, invariavelmente, pela minha tia. A mulher dele também tinha mentido, na noite em que cheguei e dormi em sua casa. Eu queria que ele também tivesse mentido, preferia esperar mais um ou dois dias para saber, no conforto do meu quarto, que a minha tia havia morrido duas horas depois de eu a ter visto pela última vez. Que ela tinha sido enterrada enquanto eu estava no avião. E agora era eu que teria que mentir para a minha mãe, até ela morrer.

A viagem de retorno foi de uma tristeza profunda. A chegada ao aeroporto, o susto da minha irmã.

Tivemos ainda mais duas semanas de luta. Minha mãe precisava de ajuda para tudo, para comer, ler as notícias, ir ao banheiro, se levantar, mas não queria voltar para um hospital. O plano de saúde que ela havia pagado durante anos recusou o serviço de *home care*. Então, acabei me tornando a responsável por colocar a medicação no seu cateter algumas vezes por dia. Os americanos tinham me instruído direitinho antes de sairmos do Johns Hopkins. Era só cumprir as ordens. (Naquela altura, me pareceu fácil — e era fácil —, mas não pensei — ninguém pensou — que quando eu lesse na certidão de óbito da minha mãe a causa mortis: falência de múltiplos órgãos e sistemas, choque séptico, linfoma não Hodgkin, eu sentiria culpa e viveria com o fantasma, Será que eu fiz algo de errado que gerou uma infecção?)

Quando eu conseguia ficar um pouco só, eu deitava na cama e fechava os olhos. Depois, com os olhos fechados, eu levantava, tentava seguir até o banheiro, andar pela casa, mas de repente meus olhos se abriam. Mesmo depois que a minha mãe morreu, continuei fazendo isso durante anos. Eu experimentava me sentir cega.

Numa das nossas últimas conversas, ela disse que só encarava aquele horror pela gente. Respondi de imediato que não queria esse peso. Ela se corrigiu, ou se explicou, dizendo que não era um favor que nos fazia, mas que a nossa existência, o amor que ela sentia por nós eram as únicas coisas que ainda lhe davam vontade de viver.

No fim, ela não aguentou. Era terrível demais. Muito pior do que qualquer guerra que ela tinha vivido, a do Oriente Médio, a da clandestinidade e do exílio, as guerras amorosas. Nunca consegui deixar de pensar que teria sido melhor se ela tivesse morrido duas semanas antes, sem a dor da cegueira. Às vezes, ainda fecho os olhos em momentos de solidão e tento me colocar no seu lugar, imaginando o que ela imaginava.

110

Poucos dias antes da morte da minha mãe, desci para comprar remédios na Nossa Senhora de Copacabana. Saí do prédio, atravessei a Francisco Otaviano, andei alguns metros e entrei na grande avenida, onde havia uma farmácia atrás da outra. Seria rápido. Quando eu estava entrando numa delas, esbarrei com o meu padrasto e um amigo americano, que eu também conhecia desde pequena. Ele me abraçou com força, me espremeu nos braços, deslizou as mãos pelas minhas costas e sussurrou no meu ouvido, Saudades. Recomeçou tudo, as mesmas palavras, o mesmo deslizar de mãos, o mesmo grude que me causava asco. Então, olhei bem nos seus olhos e disse, A minha mãe está muito mal. Ele respondeu, Eu sei. Continuei, Se sabe por que não foi visitá-la? É aqui ao lado. Eu sei, ele respondeu.

(Agora, enquanto escrevo, me dou conta da quantidade de coisas que ele afirmava saber. Sabia que me assediava havia três anos; sabia que a minha mãe estava morrendo; sabia que eu não ia falar nada para a minha mãe; sabia que eu poderia perfeitamente ter falado; em Paris, anos depois, sabia que eu queria encontrá-lo para anunciar, Você me fez muito mal. Mas saber não era suficiente para que ele agisse de outra maneira. Saber, e dizer que sabia, talvez fosse mais do que uma constatação, talvez fosse uma validação.)

Vai lá então, eu disse, enquanto me afastava dele e de seu amigo, dos seus sorrisos, enquanto me afastava da leveza com a qual ele fazia coisas tão violentas: não a visitar, me assediar, sabendo que no décimo primeiro andar do prédio que víamos dali ela estava no sofá, cega, à espera da morte.

Não lembro se disse à minha mãe que o havia encontrado. Lembro que no dia seguinte ele estava sentado no tapete, segurando a mão dela, que estava deitada, com o medicamento que eu havia colocado no soro entrando no seu corpo pelo cateter. Lembro de ficar prestando atenção na conversa deles, da qual guardei apenas um pedaço, Agora você pode ver os filmes que quiser na cabeça, não precisa mais ver filmes ruins; pode imaginar os mais belos filmes nunca realizados.

Foram duas semanas com a minha mãe em casa, sem enxergar, antes de ser internada. Ouvíamos o barulho do mar e sabíamos que ela nunca mais veria aquela paisagem. Todas as manhãs, eu lia para ela os jornais e ao longo do dia um livro.

Numa tarde, eu e a Dina fomos almoçar com o meu pai, e ele nos disse que era preciso pensar no que fazer. Não falava sobre a cegueira da minha mãe, mas sobre a sua morte. Tínhamos que nos preparar para isso e começar a pensar se iríamos morar com ele. Ficamos extremamente desconcertadas com aquele comentário. Tínhamos certeza de que ela não iria morrer. A cegueira era consequência do herpes-zóster, mas ela tinha muitos anos pela frente. Meu pai não insistiu.

Em outra tarde, a minha mãe recebeu a visita de uma psicanalista especializada em doenças terminais, com quem conversamos depois da sessão. Ela então nos contou que a minha mãe sabia que estávamos escondendo alguma informação sobre a irmã. Quando a psicanalista perguntou se ela queria saber, a resposta foi, Não.

A sua vontade tirou da gente o peso da dúvida. Lembro de ter fingido, em outra tarde, que eu estava indo visitar a minha tia, pois era inverossímil que ela estivesse viva, doente, e eu não fosse visitá-la. Só não lembro o que contei à minha mãe no retorno desse encontro fictício.

Poucos dias depois, ela acordou com as palavras bagunçadas — as frases tinham algum sentido, mas havia nelas palavras intrusas e uma ordem estranha. Entendi na hora que era grave. Um mês antes, no dia da viagem aos Estados Unidos, eu havia encontrado a minha tia assim, sem saber o que estava dizendo. As palavras saíam de forma aleatória, como se alguém tivesse aberto a tampa do seu cérebro e as tirasse ao acaso.

Chamei o médico, o assistente do dr. Halley. Quando ele chegou, as palavras da minha mãe estavam ainda mais confusas. Foi então que ele me deu o veredito que contradizia a promessa, É o tempo da doença. Estávamos na cozinha, olhando de esguelha a minha mãe, deitada no sofá da sala. Então, ele disse que era preciso interná-la de imediato. Ainda tentei negociar, não queria que ela passasse tempo demais no hospital, tínhamos acabado de voltar de uma internação. Mas ele deixou claro que não seria por muito tempo.

E não foi.

Lembro de sentir vergonha ao passar pelo longo corredor do nosso prédio, caminhando ao lado da minha mãe, que era levada numa maca até a ambulância. Encontramos um morador e um porteiro com quem ela se dava. Senti vergonha de estar perdendo a minha mãe, de a minha mãe estar tão doente, de saber que em breve eu seria uma garota sem mãe.

No nosso mundo, morrer é uma vergonha. Perder alguém é uma vergonha.

A minha irmã seguiu no carro com a Beth, uma amiga da nossa mãe. Elas chegaram antes da gente, me lembro disso porque ter uma sirene ligada não fazia diferença para nos deixarem passar. No hospital, minha mãe foi para o CTI. Ela pedia água, água, água, mas não era permitido dar água. Ela não parava de pedir água, água, água, era a única coisa com sentido que dizia. Dava para ver a secura da sua boca. Aquilo me desesperava, tanta sede e não poder beber água, ela vai morrer de sede, pensei. Insisti com a enfermeira, que me deixou molhar sua boca por fora, mas também deixei que ela bebesse um pequeníssimo gole.

Eu tinha alguma experiência de hospital e sabia que era preciso esforço para torná-lo um lugar habitável, humano. Sem insistência, a ternura ficava do lado de fora.

Foi a nossa última noite na Francisco Otaviano. No fim da tarde do dia seguinte, pouco depois de sairmos do hospital para a casa do meu pai, recebemos o telefonema da Beth nos avisando de que minha mãe estava morta.

Eu não estava lá quando ela deu seu último suspiro. Não a vi morrer.

Também não fui vê-la depois.

Ainda pensei em ir até o hospital, mas meu pai me aconselhou a não ver o corpo morto, a guardar a lembrança dela viva. E eu senti medo de vê-la morta e ter essa imagem me aterrorizando vida afora.

No enterro, tive muita vontade de abrir o caixão. Levantar a tampa.

Havia muita gente. Os amigos da minha mãe, os meus e os da minha irmã. Sob o calor, o rabino nos chamou de lado e explicou que precisava cortar um pedaço da nossa roupa. Deveríamos usar a roupa cortada durante sete dias. Pedaço de roupa, de carne, de veia, de pele arrancados. Depois devíamos jogar a roupa fora.

E o corpo? E a história? E a dor?

O que fazer com tudo o que resta?

O caixão debaixo da terra, a sepultura da minha tia ali ao lado, as duas irmãs, um mês de diferença; eu e a Dina aqui fora, despedaçadas, mas juntas. Sempre fomos muito próximas, mas termos perdido nossas três mulheres mais velhas nos uniu no silêncio.

Estávamos saindo do cemitério israelita do Caju, quando meu padrasto apareceu. A Dina, que naquela altura não sabia de nada, caiu aos prantos nos seus braços. Ele também chorava muito. Aproveitei a multidão e saí pelo canto oposto ao que eles estavam, pensando que pelo menos eu não precisaria mais vê-lo.

III

Alguns meses antes de morrer, a minha mãe comentou que andava com vontade de escrever ficção. Já tinha escrito tantas coisas, agora queria experimentar uma forma ficcional. Queria saber o que eu achava. Respondi que era uma boa ideia, mas sem grande entusiasmo, o desespero me tomando por dentro: ficção, não. Escrever contos, romances era o que *eu* queria fazer, seria esse, eu pensava naquela altura, o nosso ponto de separação. Seria esse o meu lugar. Essa, a minha independência, e ela não podia roubá-la de mim.

112

Ter interrompido a relação amorosa com G. me traz uma liberdade em relação à escrita, como se eu pudesse ser só dela de novo, como se só agora o acontecimento pudesse se tornar palavra. Não quero ter que cumprir acordos do tipo, Não escreve sobre mim; ou, Se escrever, por favor, escreve com cuidado. Ninguém pediria isso a um homem, Escreve com cuidado.

Quando começo a escrever é porque aceitei o fracasso. Então, quero apenas criar um sentido para essa história — pensar que faço algo com o vazio, com a perda.

113

Um ano após o sepultamento, fizemos a Gilui Matzeva da minha mãe. No judaísmo, a cerimônia de descoberta da lápide simboliza um compromisso de não esquecimento do morto. Cada vez que a visitamos — coisa que eu e a Dina só fazemos se vamos a outro enterro — colocamos uma pedra sobre a *matzeva*, cumprindo o ritual de uma religião que nunca praticamos.

Quando se encomenda uma lápide, é preciso decidir o que ficará grafado com o corpo que ela guarda. Feito o título de um livro — uma ou duas frases que sintetizem quem aquela pessoa foi, o que significam seu nome, sua data de nascimento e a de morte. Tínhamos que resumir nossa mãe, que havia sido tantas outras coisas além de nossa mãe, em poucas palavras. Revimos os textos lidos na cerimônia de trinta dias da morte, o Sheloshim, e escolhemos duas frases escritas pelo nosso padrasto, ex-padrasto, um cineasta que a nossa mãe admirava e o último homem que ela amara. Aos 21 anos de idade, eu achava "doce guerreira" um belo epíteto. Hoje, quando olho a lápide da minha mãe, me pergunto — com raiva e culpa — por que fiz isso.

פ ש

הילינה בת יהודית

נפ׳ יב׳ אלול התשנ״ט

HELENA SALEM

N. 22 - 3 - 1948 F. 24 - 8 - 1999

EM SUA CURTA E INTENSA TRAJETÓRIA
DE MÃE, AMIGA, JORNALISTA E ESCRITORA
VIVEU COMO RAIO, UM COMETA QUE
PASSA, MARCA, VAI E FICA.
ADEUS DOCE GUERREIRA.

114

A minha mãe morreu sem saber que a minha tia havia morrido.

Mas no fundo ela sabia.

E preferiu não saber.

A minha mãe morreu sem saber que eu tinha sido assediada pelo meu padrasto.

Mas no fundo ela sabia?

E preferiu não saber?

115

Tatinha querida:

Li e reli tua cartas muitas vezes. Gosto quando você me fala do seu coração, das suas experiências. Posso avaliar o quanto esta viagem deve estar sendo importante para você, minha filha. Uma experiência super rica, daquelas que a gente carrega para a vida, de abertura para o mundo, de vivência mesmo, e de prazer. Sinto-me feliz, profundamente feliz, por ter te ajudado, participado disso, seja colaborando para que a viagem acontecesse, seja transmitindo para você o que tenho em mim: o prazer por descobrir o novo, pela arte, pela cultura, pelo melhor que, acho, a humanidade é capaz de criar. É uma imensa alegria, filhinha, sentir que consegui transmitir isso, de uma forma natural, sem nenhuma forçação de barra ou retórica, e que vocês partilham naturalmente desse prazer comigo.

Sobre o Vincezo, tenho certeza, a despeito dos problemas, que também deve estar sendo uma experiência rica para você. Agora, ele tem os limites dele: sinceramente, acho que esse lance da idade na verdade encobre uma dificuldade maior dele, de se relacionar, de se entregar. Quem está disponível mesmo, não se detém numa coisa dessas - ainda mais sem que você nem tua família coloquem obstáculos. Treze anos não são tantos assim! Enfim, todo mundo tem limites; mas, por outro lado, acho que também é muito chato, castrador, namorar alguém que não assume a relação. O amor é motivo de alegria, e faz parte também dessa alegria a gente partilhá-la com o mundo. Daí que, não sei. Você já teve a história com o Pedro. Sei que com o Vincenzo é totalmente diferente. Mas, puxa, de novo uma coisa escondida? Um homem que pode e não pode? Too much. Acho que você tem condições de partir para coisas mais fáceis, homens mais acessíveis, sem precisar se esconder, sem tantos limites. E merece. Claro, essa é apenas a minha opinião, que te transmito para ~~você~~ pensar. Sem nenhum objetivo de cagar regra. Mas, de repente, foi até bom você voltar aí, para fechar o ciclo, ter uma visão melhor das coisas.

É, meu amor, estou morrendo de saudades de você. Muito tempo. E ainda mais com essa super herpes que me causou esse problema no tal nervo ciático, que não tem deixado eu quase sair na última semana, ainda ficou pior. Dodói, a gente ainda quer mais o carinho das filhinhas. Mas tudo bem, não é para se preocupar, é só uma coisa chata. E a saudade é isso mesmo. Mas acho que você pode voltar antes, dois meses de andanças é um bom tempo; acho que você, como disse na carta, deve estar cansada também.

O que você me falou da Dina e você, é isso mesmo, meu amor. Essa idade é de ser madura e criança ao mesmo tempo, porque vocês, como toda adolescente, são as duas coisas: menina e mulher. E conviver com isso às vezes é mesmo difícil. Mas não tem outro jeito. Tem a sua beleza, também, não é?

Olha, não concordo contigo quando diz que nunca mais vai ser feliz, sem a tua irmã. Acho que esse ponto de tristeza, um ponto grande, você vai carregar mesmo na tua vida. E é assim com todo mundo, porque sempre perdemos e ganhamos, ao longo da vida. Desde coisas pequenas, a seres que amamos muito, fundamentais. Mas acho que você pode também tentar ver as coisas pelo outro lado, do tanto que essa relação com a Didi te deu, do tanto que você carrega dela dentro de você. Isso, você nunca vai perder, é um muito a mais, uma coisa que já é tua. Penso, quando falo isso, na minha mãe. Foi horrivelmente doloroso ter perdido ela tão cedo, e quando apenas começávamos a nos entender, com tranquilidade, mas sinto, também, como se ela estivesse sempre comigo, fizesse parte de mim, e esse é um sentimento bom, que me aquece. Acho que existe também esse lado, Tati, e você deveria pensar sob esse prisma também. Ter a lembrança da Didi como uma coisa boa dentro de você, de vida, de amor, de uma riqueza muito, muito grande. Deixar-se acompanhar por essa lembrança querida, profunda, ao invés de vivenciar apenas a perda.

Amorzinho, estou feliz de ter terminado o livro. Acho que ficou bonito. Se você tiver paciência, gostaria muito que lesse, quando chegasse. Queria saber a tua opinião. Do mais, não tenho feito grandes coisas, já que me concentrei quase todo o tempo no livro. Vou ligar hoje para KLM para saber isso da volta, e fazer uma reserva. Te amo muito filhinha, morro de saudades.

De sua mãe, cúmplice e companheira de sempre,

[illegible]

Rio, 17/2/1997.

Meu livro s/ o Nelson vai sair em junho na Espanha. Legal, né?

116

Volto com frequência a essa carta, me dizendo que ela a escreveu pensando na minha irmã mais velha, mas também em si própria. Um conselho que me deixou para depois da sua morte: que eu não vivesse apenas a perda, que me deixasse acompanhar pela lembrança.

Tantas vezes me perguntei, e me pergunto, como teria sido a minha vida se a minha mãe não tivesse morrido. Que mulher eu seria? Que escritora eu seria?

Terei que levar até o último dos meus dias o segredo que guardei da minha mãe. Contar a outras pessoas nunca será o mesmo que contar a ela. Isso é algo que não tenho, uma possibilidade que não existe mais. As palavras surgem dessa falta, são feitas dela, mas não substituem o ato.

Quando eu estava quase no fim deste livro, senti vontade de pedir a uma amiga da minha mãe que o lesse. Uma amiga que não sabia de nada. À espera do seu retorno, novamente passei pela sensação de que contar a alguém próximo era um pouco contar a ela. Mas só um pouco. Ou só uma sensação.

A amiga da minha mãe me telefonou nervosa, preocupada. Queria saber se valia a pena me expor tanto. Talvez mudar o nome das personagens? As profissões? Identificar menos, localizar menos. Ser menos autobiográfica. Mas sinto que isso foi o que fiz entre 1996 e 2022. Agora faço outra escolha. Se já não posso contar, também não posso deixar de escrever.

117

Tenho oito anos e estou com a minha irmã no terraço de Laranjeiras. Ligo a mangueira azul e preta e a deixo na piscina de plástico. Uma piscina redonda, pequena, amarela, ilustrada com figuras do mar: polvos, peixes, caranguejos, conchas. O dia está acabando, mas faz bastante calor. Enquanto a piscina enche, decidimos brincar de pique-esconde. A minha irmã fica sempre atrás de um vaso de plantas. Eu gosto de fugir para o escritório, espécie de quarto mágico, com todos aqueles livros na estante, os enfeites que a minha mãe traz de vários lugares do mundo, mais de quarenta países visitados, as fotografias na cortiça que não canso de admirar, a máquina de escrever sobre a grande escrivaninha de madeira, fotografias dela na guerra, o cartaz de um dos filmes do meu padrasto na parede, um sofá, a porta de vidro para o terraço. O quarto mais iluminado do apartamento, o mais aconchegante e o mais estranho — aquele quarto é a minha mãe num lugar inacessível. Estou atrás do arquivo, um móvel alto, feito com a mesma madeira da escrivaninha, quando ouço a Dina gritando, Tá cheia!

Saio correndo e entro na piscina. Preciso me esticar no chão para dar um mergulho. Tapo o nariz, jogo o corpo para trás, e aquilo me basta, me completa. Não me lembro de precisar de mais nada quando estava ali, naquela piscina de plástico com a minha irmã, a água correndo solta na mangueira, que a gente apertava para esguichar uma na outra. Me ponho de pé, isso é algo de que gosto muito, sentir a água fria escorrendo pelo cabelo, pelo corpo, amenizando o calor. De repente, a Dina puxa a mangueira e me imita, a água agora sobre seu corpo. Fico parada, olhando a paisagem, que não é nenhum cartão-postal da cidade, uma montanha esverdeada à frente, uma floresta do lado esquerdo e o muro do apartamento vizinho do lado direito. Vou para longe, a casinha no topo da montanha me faz imaginar tantas coisas, nem me dou conta de que a minha mãe acaba de chegar, com um vestido largo na altura do joelho, e que a minha irmã corre para abraçá-la. Volto à realidade quando ouço a Dina gritando para ela entrar na piscina. Puxa a sua mão com força, Entra, mamãe. A minha mãe tem um sorriso aberto, os dentes grandes, ligeiramente para a frente, e se deixa levar.

Ela detesta água fria, mas nesse dia não se opõe. Tira primeiro a sandália de couro, depois o vestido e mergulha os pés na piscina. Ameaço lhe jogar água e ela se antecipa, Isso não. Senta-se lentamente, se habitua à temperatura, e quando peço para pôr a mangueira sobre sua cabeça ela diz que sim. Revezo com a Dina, enquanto ela afasta o cabelo com as mãos. Tem um corte anos 1980, em camadas, com franja, pintado com henna. Ainda estamos longe de saber que um dia ela ficará doente e que aquele cabelo tão forte, tão cheio vai cair e renascer em outro penteado, outra cor.

Sento ao seu lado. A minha irmã sai da piscina e colhe uma flor, uma alamanda amarela, para colocar atrás da orelha da nossa mãe, enquanto observo seus peitos e apalpo os meus, uma tábua. Será que vão ser pequenos como os dela? Toco no seu cordão de prata, que traz um pingente novo. Um camafeu, ela diz. Explica que é uma técnica muito antiga, que as mulheres gregas usavam adornos como aquele, com a figura de Eros, simbolizando um convite ao amor. Parece você, ela diz, enquanto gira meu rosto de perfil. Observo a figura feminina e concordo. Ela me abraça do seu lado direito e reclino a cabeça em seu ombro. Faz o mesmo com a Dina, do outro lado. Ficamos um tempo em silêncio, até que a minha irmã sussurra, Não quero que você morra nunca. Ela nos aperta com força e nos assegura, Não vou morrer.

janeiro 2022–junho 2023

Obras citadas

BEAUVOIR, Simone de. *Memórias de uma moça bem-comportada*. Trad. de Sérgio Milliet. Rio de Janeiro: Nova Fronteira, 1983.

CUSK, Rachel. *Despojos*. Trad. de Catalina Martínez Muñoz. Barcelona: Libros del Asteroide, 2020.

DURAS, Marguerite. *Escrever*. Trad. de Rubens Figueiredo. Rio de Janeiro: Rocco, 1994.

ERNAUX, Annie. *A vergonha*. Trad. de Marília Garcia. São Paulo: Fósforo, 2022.

FERRANTE, Elena. *As margens e o ditado: sobre o prazer de ler e escrever*. Trad. de Marcello Lino. Rio de Janeiro: Intrínseca, 2023.

HOMERO. *Ilíada*. Trad. de Carlos Alberto Nunes. Rio de Janeiro: Ediouro, 1996.

LISPECTOR, Clarice. *Água viva*. Rio de Janeiro: Rocco, 2019.

MANN, Thomas. *A morte em Veneza*. Trad. de Herbert Caro. São Paulo: Companhia das Letras, 2015.

SALEM, Helena. *Entre árabes e judeus*. São Paulo: Brasiliense, 1991.

VIDAL, Paloma. *Não escrever* [*com Roland Barthes*]. São Paulo: Tinta-da-China Brasil, 2023.

WOOLF, Virginia. *Momentos de vida*. Trad. de Eugénia Antunes. Lisboa: Ponto de fuga, 2017.

____. *Um esboço do passado*. Trad. de Ana Carolina Mesquita. São Paulo: Nós, 2020.

Grafia atualizada segundo o Acordo Ortográfico da Língua Portuguesa de 1990, que entrou em vigor no Brasil em 2009.

Esta é uma obra de ficção. Qualquer semelhança com eventos, fatos e personagens reais é mera coincidência.

capa
Flávia Castanheira
obra de capa
Carolina Martinez
composição
Lívia Takemura
preparação
Ciça Caropreso
revisão
Ana Alvares
Tomoe Moroizumi

2ª reimpressão, 2024

Dados Internacionais de Catalogação na Publicação (CIP)

Levy, Tatiana Salem (1979-)
Melhor não contar / Tatiana Salem Levy. — 1. ed. —
São Paulo : Todavia, 2024.

ISBN 978-65-5692-603-2

1. Literatura brasileira. 2. Romance brasileiro.
3. Ficção contemporânea. I. Título.

CDD B869.3

Índice para catálogo sistemático:
1. Literatura brasileira : Romance B869.3

Bruna Heller — Bibliotecária — CRB 10/2348

todavia
Rua Luís Anhaia, 44
05433.020 São Paulo SP
T. 55 11 3094 0500
www.todavialivros.com.br

fonte
Register*
papel
Pólen natural 80 g/m²
impressão
Geográfica